請你擁抱我的惡夢

Wake Me Up
From The
Nightmare

曾經的創傷沒有那麼容易撫平，
但他說，只要我覺得害怕，他就會擁抱我，
連同我的惡夢一起。

兔子說 著

楔子

有時候我會做夢。

不。

不是有時候。

我常常做夢。

夢境通常由一段又一段畫面組成，有時候是黑白的，有時候是彩色的，有時候只是一閃而過的瞬間，我記不清細節也分不清時間順序，只記得反覆聽見女人的哭泣、男人的怒吼、嘈雜的人聲與車響，以及那隻被人掐著脖子的棕色胖母雞，於臨死之際發出的慘叫。

偶爾，我還會夢見自己手裡拿著刀子。

我以爲那是夢。

但不是。

手裡那股沉甸甸的重量不是。

赤腳踩在地板上的冰冷也不是。

當銳利的刀子劃開男人的頸動脈，鮮血宛如湧泉噴出，充滿腥味的鮮紅灑滿頭臉，模糊了視線，當下我心中那股快意更不是夢。

請你擁抱
我的惡夢 Wake Me Up From The Nightmare 4

不是夢。
不是。
我是，殺人兇手。

Chapter 1

「學姊！好雨學姊！」朱采蓁從後方撲抱到我身上，「我好想妳喲！」

「好久不見，加拿大好玩嗎？」礙於手上還抱著一疊厚重的書本，我難以回應她的擁抱，「開學都過一個星期了才回來上課，看來一定玩得很開心吧？」

「哪有啊，還不是跟著爸媽到處拜訪親戚，根本什麼都沒玩到！」朱采蓁皺著鼻子抱怨，她眼珠一溜，話鋒隨即一轉，「對了，學姊，聽說這次K-FUN會來是眞的嗎？他不是從來不參加校園演唱會的嗎？」

「這個嘛……」我笑了笑，故作玄虛地聳聳肩，「不告訴妳。」

「齁唷！學姊、學生會長——」朱采蓁抱著我的手臂撒嬌，「妳最好了，拜託跟我說嘛！」

朱采蓁是我的直屬學妹，她大一下學期才轉來我們學校，當時班上同學早就各自有了直屬學弟妹，沒人想多照顧一個人，於是我便收下了朱采蓁，值得慶幸的是，我和她之間的相處還算愉快。

「采蓁，既然妳回來了，妳跟尚旭說一下，找個週末和大一學弟妹辦場家聚如何？」我偏頭看她。

元尚旭是我另一名直屬學弟，可說是獨來獨往的荒野一匹狼，平常沒什麼機會見到他。

「當然好啊！不過，說到元尚旭……」朱采蓁貼近我的耳邊，小小聲地八卦，「聽說他啊，最近好像參加了某個名字超怪的社團，好像叫什麼夢的……總之，是個跟夢有關的社團。學姊，妳知道嗎？」

「學校社團少說有將近一百個，妳當我是萬事通？」我才說完，就見朱采蓁大力點頭，害得我忍不住笑出來，「不瞞妳說，學校上星期才要求學生會進行社團改革，學生會現在可說是一個頭兩個大。」

「社團改革？有什麼好改革的？」

「大概是這幾年社團支出節節上升，卻沒見到多少實際績效吧。校方希望學生會輔導各個社團在期限內做出改善，若持續績效不彰，就將以廢社處置。這學期還算是宣導階段，下學期就得嚴格執行了。」

表面上要學生會介入輔導，其實校方的意思是希望盡可能多廢除一些社團，好節省經費。學生會被指派這項任務，好處沒有不說，弄得不好就是妨礙學生多元發展與結社自由，甚至被罵重回戒嚴都有可能。

想到這裡，我頓覺壓力如山，不由得嘆了口氣。

「嘆什麼氣啊？」一個熟悉的嗓音響起，那人輕推了我的後腦勺一下。

「孟謙學長！」朱采蓁興奮地大喊，蹦跳到他面前，「學長，我回來了！」

「嗨，好久不見，加拿大好玩嗎？」林孟謙先是隨口與朱采蓁聊了幾句，接著自然而然地接過我手上的書本，似笑非笑地看著我說：「讓我猜猜，妳一定又在煩惱學生會的事。所以我不是早跟妳說了嗎？不要去選什麼學生會長，人活得好好的，幹麼非得增加自己的麻煩呢？」

「學長你眞是料事如神，好雨學姊才在跟我說學生會的事呢！」朱采蓁仰著頭，繼續試圖和他搭話，「學長、學長，我這次去加拿大有去你推薦的班夫小鎭喔，那裡風景眞的好漂亮，房子都好可愛……」

我並沒有注意聽朱采蓁在說什麼，視線被社團大樓前的一對男女吸引了過去。

男生穿著牛仔褲和黑色T恤，外面披著一件鈕子並未扣起的深色中式長袍，要長不短的頭髮在後腦勺紮了一個鬆鬆的髮髻，表情無精打采，一臉睡眼迷濛的模樣。站在他身邊的女生卻打扮入時，削肩上衣配上短皮裙，兩個人站在一起，畫面說有多不協調就有多不協調。

兩人站在社團大樓前的階梯上對話，男生好幾次揉了揉眼睛、抓抓頭髮，偶爾點點頭，看起來不是很專心，但女生似乎不怎麼在意，臨走前還踮起腳尖，緊緊擁抱了男生。

那名女生離開後，另一個男生從社團大樓走出來。

「元尚旭？」我認出另一個男生就是我的直屬學弟元尚旭。

元尚旭像是和長袍男十分相熟，兩人一邊交談，一邊又往社團大樓走了回去。

此時，長袍男似是察覺到了什麼，忽然回過頭來，我下意識迅速別過目光。

他知道我在看他？不可能吧？

待我再次抬眸，兩人的身影早已消失。

「好雨，怎麼了？」林孟謙順著我的視線望過去，「妳在看什麼？」

「我想去社團大樓看看。」我脫口而出，同時邁開腳步。

林孟謙在後方喊著我的名字，而我並沒有停下。

其實我不曉得這股衝動從何而來。畢竟我和元尚旭算不上很熟，平時我不好奇別人的私事，既然如此，我又爲什麼會這麼想跟上去一探究竟？

因爲那個長袍男嗎？

社團大樓的一樓大堂沒有開燈，有些陰暗，由於陽光照不進來，即使不開空調也很涼爽，正當我查看牆上的社團教室分配表時，林孟謙和朱采蓁也一起進來了。

「爲什麼突然想來社棟？」林孟謙站到我的身後，學校學生習慣將社團大樓簡稱爲社棟。「跆拳道社、國術社、攝影社、綠野仙蹤社……這是什麼啊？」

「那是保護生態環境的社團。」我順口回答，繼續仔細盯著牆上那張表看。

「學姊，妳是不是想來個突擊檢查呀？」

「突擊檢查？」林孟謙疑惑地看向朱采蓁，「什麼意思？」

在朱采蓁爲林孟謙說明校方如何指派學生會進行社團改革時，我終於在表上找到目標物。

夢ㄉ王國……什麼東西啊？

記下社團教室號碼，我逕自轉身走向電梯。

「范好雨！」林孟謙急急跟上，「妳幹麼啊？也不解釋一下？」

「我又沒叫你跟我一起來！」我太著急了，注意到林孟謙驀地臉色一沉，才發覺自己口氣很差，「抱歉，我沒有別的意思。」

「沒事啦，就當來參觀社團嘛。」一旁的朱采蓁趕緊打圓場，「學長，你之前有參加過什麼社團嗎？」

「沒有。」被我莫名凶了一下，林孟謙的心情不是太好，「高中玩社團玩夠了，大學只想有更多自己的時間。」

五樓到了，我第一個走出電梯。

即使心裡有股難以明狀的急躁正催促著我，但這次我不敢再拋下林孟謙他們，我不想讓他們覺得我很奇怪，只能配合他們的步伐走向那間社團教室。

五樓，十八號室，夢ㄉ王國。

「這什麼鬼？」看清貼在門上的社團名稱後，林孟謙有些傻眼。

倒是朱采蓁突然啊了一聲，激動地拍打我的手臂，「學姊，這就是亓尙旭參加的那個……」

她話還沒說完，門就被人從裡頭打開。

「你們怎麼會在這裡？」亓尙旭一臉古怪地看著我們。

夢ㄉ王國。元尚旭說這是一個研究夢境與睡眠的服務性社團。

「名字有夠中二。」林孟謙很是嫌棄。

「服務性社團？都說是研究夢境和睡眠了，不應該是學藝性社團嗎？」環顧四周，我很好奇為何要在社團教室裡擺著三面中式漆面屏風，屏風圍起了一塊區域，除非靠近，否則不會知道裡面有些什麼。

「那是社團宗旨，實際上我們提供替人分憂解勞的服務。」元尚旭長著一副面癱臉，實在很難想像他當一朵解語花的模樣。

於是我更不懂了，「例如呢？」

「學姊，妳常做夢嗎？」元尚旭問我，「妳的夢境通常都是什麼樣子？」

我的夢境是——才剛閃過這個念頭，我忽然感到頭痛欲裂，不由得皺緊了眉頭。

「我有時候會做很奇怪的夢！」朱采蓁興奮地舉手搶答，連帶引開了其他人的注意力，「我有一次夢到跟大蟒蛇一起睡覺，差點沒把我嚇死。聽說夢到蛇是發財的預兆，真的假的呀？」

「是真的，但也不一定是真的。」元尚旭話說得很玄。

「元尚旭，我拜託你說人話。」朱采蓁對著他翻了一個大白眼，「什麼叫做『是真的但也不一定是眞的』？所以我到底會不會發財啊？」

「不一定……」

「這個問題讓我來回答吧。」那個長袍男從屏風後走出來，嘴角噙笑，兩隻眼睛彎成月牙。

當長袍男實際站在面前，我才發現他個子很高，肩膀也很寬，因此寬大的長袍披掛在他身上並不顯鬆垮，而他穿在長袍裡的黑色T恤，竟是老牌搖滾樂團款，腳上還踩著一雙八孔黑靴。

這樣的搭配明明很違和，看上去卻又意外地協調。

更奇怪的是，他一出現，我的頭就不痛了。

「這位是我們社長，姬無也。」元尚旭向我們介紹。

「連社長的名字都這麼中二。」林孟謙小聲囁嚅。

姬無也大概沒聽見林孟謙的嘲諷，笑笑地和我們一行人點頭致意。

不曉得是不是錯覺，姬無也的視線似乎在我身上停得久了一些。

「這位同學說自己夢到與蟒蛇共眠，對吧？」姬無也轉頭看向朱采蓁，後者睜大眼睛，對著他猛點頭，逗得姬無也揚唇輕笑，「的確，自古以來，蛇有帶財招吉的意象。」

「等一下，我夢到的還是條大蟒蛇，那我是不是會發大財？」朱采蓁自行舉一反三，滿臉喜色。

未料，姬無也給了她一個饒富深意的微笑，「倒也未必。」

朱采蓁一愣，「什、什麼意思？」

「有話就好好說，少在那邊賣關子。」林孟謙對這種話題十分不以爲然，態度連帶變得不耐煩，「都什麼時代了？搞什麼怪力亂神，把我們當白痴啊？」

「林孟謙！」我皺眉制止他。

「蛇，除了象徵財富，同時也象徵了妒忌；與蛇共眠，代表內心隱藏妒忌，而妒忌滋養著蛇身。」姬無也意味深長地看向朱采蓁，「妳說，與妳共眠的是一條大蟒蛇？」

朱采蓁臉色一白。

「小心，養蛇爲患。」姬無也似笑非笑說道。

場面頓時陷入一片靜默，我甚至不敢看向朱采蓁。當一個人心裡的想法毫無預警地遭人當眾揭開，無論是眞是假，對當事人來說都很難堪。

「我、我才沒有！」朱采蓁好不容易找回自己的聲音，結結巴巴道：「我才不會忌妒別人！他在胡說八道……這是什麼爛地方！我要走了！」

朱采蓁胡亂抓起包包就往外跑。

「采蓁！」林孟謙見狀，一時氣急，起身往姬無也身前一站，「喂，你有沒有良心啊？有必要在大家面前讓一個女孩子難堪嗎？」

姬無也一副無所謂的樣子，「不是你要我把話說清楚的嗎？」

「我──」林孟謙被這話噎住，頓了一下，但他很快又理直氣壯起來，「你少把過錯推到我身上！什麼話該說、什麼話不該說，你自己分不清楚？」

「對我而言，沒有什麼話不該說。」姬無也笑了笑，不知爲何，他的笑裡似乎帶著一絲輕蔑，「是你們僞裝太多，害怕被人看穿。」

姬無也的語氣始終平靜無波，卻隱含銳利，且他看人的眼神十分直接，彷彿能將對方一眼看透。

或許正是因爲如此，林孟謙的氣勢弱了下來。

「神經病！」他大力推開姬無也，嘴上仍不住地罵，「隨便講一些似是而非的話就當自己很了不起，以爲每個人都是白痴會被你騙？少開玩笑了，還不就是裝神弄鬼的神棍。再跟這種人同處一室，他媽的我眞的會吐。」

砰地一聲，林孟謙憤憤甩門離去。

我愣愣地望著那扇緊閉的門，不過短短幾分鐘，我的兩個朋友都被姬無也氣走了，照理來說，我應該要很生氣，與朋友同仇敵愾，但我內心毫無波瀾，就像是沒有感情的冷血動物。

想到這裡，我頓時心口緊揪，指尖微微發涼。

「妳不走嗎？」

我嚇了一跳，抬頭看向姬無也，略帶遲疑地問：「……你是說我嗎？」

姬無也被我的反應逗笑，「不然還有誰呢？」

「我爲什麼要走？」我反問。

儘管並沒有留下來的理由，我甚至不清楚自己爲什麼要過來，但我不想在他面前示弱，更不想讓他覺得我可以輕易被看透。

此時姬無也的眼裡竟像是添上了興味，我不想輸，只能硬逼自己迎向他灼灼的目光。

「那……」姬無也微微挑眉，「妳也想要我替妳解夢嗎？」

替我解夢？

腦中閃過一幕幕混亂的畫面，伴隨著哀號、哭泣、嘈雜的車聲，以及母雞在臨死之前扯開喉嚨的嘶叫——

我用力甩了甩頭，冷聲拒絕，「不需要！我……」

姬無也沒等我說完便打斷我，「妳睡不好。」

「我沒有。」我直覺反駁。

「要不要我陪妳睡？」

「什、什麼？」我傻住了，以爲自己聽錯。

「學姊，妳不要誤會！」元尚旭一個箭步衝上前解釋，「其實社長的意思是……」

「如果是跟妳睡的話，我可以算妳免費。」姬無也倒是自己把話說完全了。

他氣定神閒地看著我，臉上依然是笑著的，彷彿他剛剛只是開口約我去喝杯咖啡。

他這算是性騷擾了吧？

我心中一股怒火上湧，抬手便朝姬無也的臉上重重揮落，他被我打得頭歪向一側。

「學姊！」元尙旭驚呼。

「變態。」我鄙夷地罵了聲。

姬無也的膚色本就白皙，這一巴掌直接在他的左頰烙下紅痕。

「神經病、神棍、變態……呵。」姬無也輕笑出聲，他重新看向我，表情竟沒有一分一毫的怒意，「范好雨，要是我再多說幾句，會不會又有新的綽號？」

「社長……」元尙旭傻眼，急忙阻止他說出更多可能更惹怒我的話。

不必阻止他了。

反正也來不及了。

我深吸口氣，昂起下巴，「姬無也，我一定會廢除這個社團。」

✦

社團改革的消息很快在學校裡傳開。

許多沉寂已久的社團紛紛跑來學生會諮詢，小小的學生會辦公室一下子變成創業輔導中心，即使學生會的成員很努力說明社團改革的方針，人心惶惶的情況卻沒有改善太多。

眼看眾人的負能量漸增，學生會的門檻都要被踏破了，身爲會長的我決定舉辦一場「社團改革輔導會」，由我本人親自說明社團廢除標準，並教導進入危險名單的社團如何振興，才不至於將前人留下的基業葬送在自己手中。

幾天下來，效果十分顯著，總算保住了學生會的門檻。

晚上十一點多，結束燒肉店的晚班兼職，我提著一袋吃剩的員工餐走出店門，一臺熟悉的黑色轎車停在對街，駕駛按了兩下喇叭。

我小跑步過了馬路，熟門熟路地打開副駕駛座的車門。

「你怎麼會來？」我一邊問，一邊繫安全帶，「不是說在趕報告嗎？」

「還不是怕妳在回家路上死掉。」林孟謙發動引擎，衝著我的臉搖了搖頭，「范好雨，看看妳的黑眼圈，妳照鏡子都不會嚇到嗎？我活到現在沒看過像妳這種人，已經這麼忙了，還拚命爲自己找事做，是嫌自己命太長嗎？還有，妳看看妳每天都吃些什麼東西？」

林孟謙嫌棄地看了一眼我放在腿上的員工餐。

我有些尷尬，徒勞無功地伸手掩住餐袋，他不曉得這可以充當我好幾天的晚餐。

「其實也沒有到很忙……」我知道自己這番話沒什麼說服力。

最近學生會忙於社團改革輔導和近在眼前的校園演唱會，再加上燒肉店的打工兼職，還有系上的課業報告和大小考試，我根本忙得連睡覺的時間都沒有。

不過也好，反正我不是很喜歡睡覺。

「好雨。」停紅燈的時候，林孟謙出聲喊我，「妳知道我生日快要到了吧？」

「最好是，」我盯著車窗外撇了撇嘴，「至少還有三個月吧。」

林孟謙的手搭在方向盤上，兩根指頭打著規律的節奏，「重點是，妳要送我什麼禮物？」

我奇怪地看向他，「你什麼時候這麼在意禮物了？」

「現在。」林孟謙挑眉，「不行嗎？」

不是不行，只是我對於送禮物這件事實在不怎麼在行。

「你少爲難我，直接說你想要什麼吧。」沒記錯的話，去年我也是這麼要求他的。

而我會這麼說也是有原因的。

林孟謙和我並不是同系的同學，我們是抽籤選中的學伴。

學伴和情侶一樣，兩者都有所謂的熱戀期，剛開始都會很熱衷於在網上聊天，隨著對彼此的了解程度加深，或者體認到頻率不對、缺乏共同話題，時間久了，雙方便漸漸不再聯絡。

我和林孟謙就是很好的例子。

雖然根據林孟謙的控訴，當初是我單方面不理他，關於這一點，我眞的不記得了，也許是我課業太忙，沒有太多時間放在交友上吧。總而言之，身爲彼此的學伴並沒有拉近我們之間的距離，我和林孟謙眞正熟識起來的契機是他的十九歲生日派對。

「今年我想要什麼呢……啊，我想到了。」林孟謙把身體靠在方向盤上，側過頭意有所指地看著我，輕輕一笑，「『粉粉』想要一個玩伴。」

我毫不留情地賞他一記白眼。

「粉粉」是一隻紮著粉色蝴蝶結的小熊娃娃，也是大學一年級時，我送給林孟謙的生日禮物。

若是現在的我，當然不會送他「粉粉」。

但彼時的我臨時被一個女生朋友拉去參加林孟謙的生日派對，還很白痴地把「林孟謙」的名字聽成「林孟茜」，於是我在路邊花店隨便買了支巧克力花當作禮物，而花上附了一隻小熊，就是「粉粉」。

當時大家故意起鬨，要我拿著巧克力花向林孟謙告白，好不容易解釋完這場誤會，又被人發現我和林孟謙是學伴，眾人再次起鬨，說這就是緣分，高聲要我們在一起……幸好林孟謙很有風度地替我解圍。

自那次之後，林孟謙和我的關係才越來越好。

不過，歷史不該重演，我也不相信他眞的會想再要一隻小熊。

「所以呢，你到底想要什麼？」我認眞問他，去年我送他的皮質手環正好好地戴在他的左手上。

「嗯……」林孟謙裝模作樣地沉吟了下。

「再不說就什麼禮物都不會有了喔。」我威脅他，「五、四、三……」

「當我的女朋友。」

我愣住了，我沒有料到他會在此時這麼說。

「范好雨，當我的女朋友。」停紅燈的時候，路燈微弱的光線映照出林孟謙臉上的緊張，「好不好？」

「可是我……」我囁嚅道。

叭——

綠燈了，我還來不及把話說完，後方的車輛駕駛便不耐煩地按起喇叭。

林孟謙暗罵一聲，重新踩下油門。

我們陷入了沉默。

依旁人的眼光來看，林孟謙的確是個很好的對象，成績優秀、家境優渥，長相更不用說，吸引一群女生透過社群網站私訊他。我曾問他，難道沒有哪個女生讓他動心嗎？林孟謙的回應只是狠狠瞪我，罵我白痴。

我不想假裝自己什麼都沒察覺，我也知道大家早就認定我們兩個是一對，就算不是現在，總有一天也會在一起，我也明白大家爲什麼會誤會，林孟謙對我一直都很好，就像現在，他也是拋下報告來接我下班。

「好雨。」林孟謙出聲。

陷入沉思的我倏地抬頭，發現車子不知何時已經來到我租屋處附近，斜過目光，正好看進林孟謙眼中的眞摯。

不知爲何，我不想聽他往下說。

「好雨，妳知道的，我從來沒有渴望過什麼，因爲我向來不需要花費多少心力，就能得到想要的東西。」林孟謙深知自己的優勢，而他從不否認，「除了妳，范好雨。妳是我見過最特別的女生，認眞、努力、從來不發脾氣，善待身邊每一個人，總是像個小傻瓜，扛起不屬於妳的責任。我想保護這樣的妳。范好雨，我眞的、眞的很喜歡妳。」

聽著林孟謙細數我的優點，我卻一點都不覺得開心。

面對他的眞誠，我心虛不已。

他口中的那個人，眞的是我嗎？我是那樣的人嗎？

林孟謙是個好人，那我是嗎？

彷彿再次感覺到自己持刀劃開血肉，緊接著女人的尖叫聲在耳邊炸開，我猛然鬆開不自覺緊握的手，重重甩了甩，像是要甩掉並不存在的利刃。

「好雨，我……」

包包裡的手機突然響了，我慌亂地看了林孟謙一眼。

尚未得到我的答覆，他明顯有些不開心，但仍扯了扯嘴角，示意我接起。

「我的手機壞了。」電話另一頭的對方連聲招呼都沒打，劈頭就說，男孩的嗓音已出現變聲期的低沉。

「手機壞了？」我直覺追問，「不是去年底才買的嗎？」

他不說話。

「我知道了。」不論原因是什麼，我早該知道他不可能會跟我說的，「我下個月會回去，你可以撐到那個時候嗎？我再帶你……」

「妳買了寄過來就好。」他打斷我的話。

原來他連我的臉也不想看見嗎？

「好。」短暫沉默後，我只能應聲同意。

連聲再見也沒說，他兀自切斷通話。

「誰啊？」林孟謙問道。

「我弟弟。」我腦海中浮現那張稚氣卻冷漠的臉龐。

「妳有弟弟？」林孟謙難掩驚訝，「他手機壞了嗎？我送他一支吧。」

「孟謙，我累了。」不是找藉口，我是真的累了，「我想回家休息。」

「等一下，妳還沒回答我。」

「你可以再給我一點時間嗎？」現在的我實在沒有心思想這些。

「……當然。」看得出來林孟謙並不滿意這個答案，但他終究同意了我的請求，「我不想逼妳，但希望在我生日那天，我可以收到我最想要的生日禮物。」

聞言，我只是勉強牽起嘴角。

目送黑色轎車的紅色尾燈遠離，我站在巷口，一手提著從打工店裡帶回來的晚餐，一手操作手機，看著螢幕上顯示出所剩不多的存款餘額，輕輕嘆了口氣。

正當我準備走回租屋處，一道頎長的身影從對面公寓走了出來。

我認出那是姬無也，不自覺停下腳步。

這次他的身旁一樣跟著一名女孩，不過不是上次那個，那個女孩留著一頭俐落短髮，這個女孩則是長髮披肩，穿著打扮的風格也截然不同，怎麼看都不可能是同一位。

長髮女孩和姬無也說了幾句話，從錢包掏出幾張鈔票遞給他。

「要不要我陪妳睡？」

我心頭一震，不敢相信自己看見了什麼。

姬無也和女孩道過再見，隨手將鈔票塞進口袋，他腳步一轉，視線正好看了過來，也許是我的目光太過直接，他馬上發現了我，眉毛略微訝異地上揚。

下一秒，姬無也的唇角泛起了微笑。

✦

我一推開會議室的大門，就看見姬無也坐在裡面。

「你在這裡幹麼？」

「改革輔導啊。」綁著半丸子頭的姬無也笑得人畜無害，彷彿看穿了我的想法，「我可是有按照程序報名的喔。」

「好雨，你們認識啊？」學生會的幹部小鴿湊過來我身邊，興奮地往門內望去，「哇，真的是傳說中的姬無也耶，據說他是周公後代，人稱『小周公』的可惜系帥哥。」

她剛剛說什麼?周公後代?小周公?可惜系帥哥?

「可惜系帥哥?那是什麼?」我皺了皺眉。

「就是空有一副好長相,想法行爲卻異於常人,讓人覺得很可惜的帥哥,通稱『可惜系帥哥』。」小鴿滿臉遺憾地嘆了口氣,只差沒咬手帕了,「哎,人長得那麼帥,爲什麼非得穿著奇裝異服、做些特立獨行的事呢?」

「范同學,我們可以開始了嗎?」姬無也笑著看向仍站在門外的我。

聞言,我趕緊把小鴿趕回去工作,自己一個人進了會議室,順手關上門,按照我之前的習慣,坐在姬無也對面,從一疊諮詢報名表裡找出「夢ㄉ王國」那張。

我掃了一眼上頭塡的資料,覺得那全都是騙人的幌子。

「所以,你有什麼問題嗎?」我嘴上客氣詢問,心裡只想著趕快打發他。

「有。會長大人上次親口說了要廢除我的社團,請問小的應當如何是好?」

感覺姬無也衝著我笑得有些輕浮,似乎不當一回事,我一股氣湧上心頭。

「如果你有按照社團輔導辦法運作社團,沒人可以隨便廢除你的社團。」

姬無也兩手一攤,「我有啊。」

「你沒有。」我回。

「我有。」

「你沒有。」

「不然妳說我哪裡沒有?」他痞痞地說。

「你從事金錢交易。」我垂下眼睛，盡量說得委婉。

「社團輔導辦法十八條之一，社團活動費用以自籌爲原則。」姬無也一副理直氣壯的樣子，「既然是自籌，從事金錢交易何罪之有？」

「夢ㄉ王國登記爲服務性社團，應以志願服務爲目的。」

姬無也不耐地嘖聲，「不然改成綜合性社團就好了吧。」

「就算你改成斂財性社團也不行。」我忍不住直說，掩飾不了對他的不齒，「社團輔導辦法十六條之三，社團活動不應有違反公序良俗之行爲。」

「等一下！」姬無也立刻坐直身子，「我什麼時候違反公序良俗了？」

「你陪別人睡覺！」還收錢！並且被我撞見，根本就是非法性交易！我沒把話說白，但凡他有點良知就會懂，「總之，這個社團根本就不該存在。」

姬無也愣住了，表情從茫然漸漸轉爲恍然大悟，眼睛睜得大大的。

「……妳誤會了。」

我只是挑眉，連話都懶得跟他多說。

「我知道妳昨天看見了什麼，但事情不是妳想像的那樣。」

「如果你想說昨天那個女生是你的女朋友……」我搖頭嗤笑，敢情他當別人是白痴嗎？「不好意思，我不是白痴。」

「不是，她不是我的女朋友。」姬無也否認，「她是我的客人。」

他這不就等於是承認自己進行非法性交易了嗎？我不敢置信地瞪著他，「那你還敢說我誤會了？」

「重點是，我真的只是陪她睡覺。」姬無也不要臉地說道，眼看我又要發難，他連忙指著他早先填好的表格，「妳先看一下妳手上的那張資料，主要活動事項第三項。」

拜託，這張紙上寫的全是謊言。但我還是耐著性子，找到他所說的部分。

「……遵循古法，提供消除疲勞與安眠之服務。」古法？這是什麼曖昧的用詞，我都不忍說他越描越黑。「也就是說，你陪那些女生睡覺，她們就可以消除疲勞、好好睡個美容覺？」

「沒錯。」姬無也泰然自若地點頭。

騙子、神棍、大變態。我在心底暗罵，「具體來說是怎麼做的？」

「沒有怎麼做啊。」姬無也話說得輕鬆，「我就跟她們一起睡。」

我快瘋了。

這傢伙到底知不知道自己在說什麼？

「姬無也，你是神棍嗎？」我已經不想和他繞圈子，說他是神棍還算抬舉他了，神棍至少願意花時間編派說詞，姬無也連一點心力都捨不得花。

他彷彿被冒犯似的皺眉，「我是周公後代。」

「所以？」

「所以，」現在換他耐著性子和我解釋，「這是我的能力。」

解釋個屁。

「我要報警。」我轉身想從包包裡拿出手機。

「范好雨！」姬無也猛地站起，高大的身軀越過桌子，一把按住我正要撥號的手。

我抽不出手，只能發狠瞪他，「放手。」

「不放。」姬無也堅持，「我要怎麼做，妳才願意相信我？」

這個人滿口胡言，還敢要我相信他？

「我再說一次，放手！」

姬無也總算鬆手，但他並未退後，一雙眼睛緊緊盯著我，「范好雨，妳在怕什麼？」

我不甘示弱地迎向他的目光，這才發現姬無也眼瞳的顏色比常人淡，是一種很漂亮的琥珀色。

或許是因爲他的瞳色特別，當他盯著我看的時候，我竟感覺自己像是會被他徹底看穿，他將看進我心底那塊最不容他人窺視的陰暗……我悄悄收攏發冷的手指，不想讓他察覺我的不安。

「妳睡不好，眼下長年暗黑，神疲乏力。妳害怕睡覺，夢裡有事情困擾著妳。妳有個祕密，一個妳到死都不會告訴別人的祕密，至於那是什麼……」

「姬無也！」我衝著他大叫，心臟跳得飛快。

「跟我睡一覺吧，范好雨。」姬無也仍直視著我，「我能證明我說的都是眞的。」

Chapter 2

夢ㄉ王國主要活動事項：

一、解析夢境內容，占卜未來運勢。

二、研究夢境形成原因，了解潛在意識。

三、遵循古法，提供消除疲勞與安眠之服務。

重新看過姬無也填寫的社團資料表，我依然認爲上面寫的全是謊言。

「尙旭，你剛才說，你們每天會接幾組預約？」

「安眠體驗一天最多三組，解夢占卜則是看當天的狀況。」元尙旭將熱水注入透明茶壺，蒸出淡淡的香草香氣，「這是舒眠茶，學姊可以喝喝看。」

說實在的，我並不想喝。

這裡可是姬無也的地盤，不只是他本人，凡是與他有關的事物都給我一種感覺，好像只要我一不小心放鬆警惕，下一秒就會落入陷阱。

「尙旭，你老實告訴我，姬無也沒在做什麼非法勾當吧？」

「非法勾當？」元尙旭的面癱臉浮現一絲困惑，下一秒才明白我的疑慮，「啊，上次社長說『陪妳睡』絕對不是妳以爲的那個意思。」

「不然呢？」我想起姬無也有跟沒有一樣的解釋，「你們口中的安眠體驗到底是怎麼回事？」

元尚旭抿唇想了想，「學姊應該知道，社長是周公後代吧？」

「我知道，那又怎樣？」我幾乎想要嘆氣了，做人有必要時常把祖上長輩掛在嘴邊嗎？就算那是周公也一樣。

「學姊，請跟我來。」元尚旭起身，示意我跟著他走向社團教室裡的那三面中式漆面屏風。走近之後，我才注意到這幾面屏風的面板，均以金漆勾勒著細緻的風鳥花月圖樣。

元尚旭領著我繞進屏風後方，我幾乎不敢相信眼前所見。

「床？」

「睡覺需要床。」他一副理所當然的樣子。

在屏風後方圈起的空間裡，擺著一張尺寸加大的實木雙人床，床上的緞面寢具帶有濃厚的東方風味，床頭放著四顆大小不一的枕頭，床邊則有一架古意盎然的貴妃躺椅，連窗簾都換成了繡有金花圖案的織錦。

「睡覺就睡覺，非得搞成這樣？」我簡直傻眼了，這還是一間社團教室嗎？

「社長喜歡。」元尚旭拿起放在桌上的銅製香爐，爲我解釋，「這是貘豹香爐，所謂的貘豹，也就是夢貘，傳說夢貘能吃掉人們的惡夢。進行安眠體驗時，我們會使用貘豹香爐，焚燃具有安神舒眠效果的沉香。」

我想聽的不是這個，「然後呢？」

「什麼然後？」元尚旭不解。

「然後姬無也做了什麼，才能讓來這裡的人睡個好覺？」

「陪他們睡覺啊。」元尚旭注意到我臉色一變，連忙慌慌張張地解釋，「學姊，社長貞的就只是陪他們睡覺，妳、妳就把他想成是一顆可以吸收負面能量的石頭，幫助和他一同入睡的人消除煩惱，安穩地睡上一覺。」

「就這樣？他不需要做點什麼嗎？」我還是不信。

「具體做法我也不清楚，這是社長獨有的能力。」

「怎麼可能啊……」我話還沒說完，手機就傳來震動，是一串沒見過的電話號碼，我對元尚旭說：「我先接個電話。」

打電話來的是黃品豪的班導，而黃品豪是我弟弟。

班導在電話裡告訴我，黃品豪在學校和同學打了一架，幸好雙方都只有皮肉傷，然而兩人均不願說出起衝突的原因，對方的媽媽堅持要黃品豪的家長去學校一趟。

一個小時後，我急忙趕到了學務處。

「哇靠，黃品豪，你媽這麼年輕啊？」那名鼻青臉腫的男孩一看到我就脫口驚呼。

臉上同樣精彩的黃品豪沒看我，鄙夷地罵了他同學一聲白痴。

「您好，我是黃品豪的姊姊。」我主動向坐在沙發上的男孩家長打招呼，「請問是劉子傑的媽媽嗎？」

「哪間學校的？」劉媽媽上下打量我，「年紀輕輕，該不會沒在念書了吧？」

我愣了一下，報出學校的名字。

這回換她一愣，訕訕地別過頭，「念的倒是好學校，不過也不知道說的是眞是假。」

「妳不要亂說！」黃品豪突然大吼，「我姊才沒有說謊！」

「最好是！有你這種野蠻的弟弟，姊姊最好是會好到哪裡去！」劉媽媽竟也回嗆。

「您這話說得過分了吧！」我上前護在黃品豪身前，「大人怎麼可以和小孩說這種話？」

「怎麼？我說錯了嗎？」劉媽媽抬起下巴，音量越來越高，「本來就是嘛！什麼樣的家庭就會養出什麼樣的孩子，妳爸妳媽呢？發生這麼大的事，爲什麼是妳來處理？不就是沒人管嘛，從小到大沒人教，自己自甘墮落就算了，不要造成別人的困擾啊！妳自己看看！妳弟把我家寶寶打成什麼樣子了！」

「事情還沒釐清之前，請妳不要把所有的過錯都怪罪在我弟弟身上。」我毫不猶豫地回擊，我相信黃品豪不會無故與人動手，「還有，如果妳有眼睛的話，應該看得出來我弟弟的傷沒有比你家寶寶少。」

「妳現在的意思是要把錯推到我家寶寶身上？」

「劉媽媽，請妳先冷靜一下，我們坐下來好好聊。」班導趕緊打圓場。

「不是啊，老師，妳看看他們這對沒教養的姊弟……」

看著面前這名盛氣凌人的婦人，我恨不得轉身捂住黃品豪的耳朵，不讓他聽見那些戳心的話語，但我知道黃品豪不會願意的，他絕對不會讓我碰他。

我側轉過頭，瞥見黃品豪咬緊了牙根，像是在承受著巨大的屈辱，排山倒海的愧疚一瞬間淹沒了我。

由於黃品豪和他同學仍然拒絕透露打架的原因，眾人拿兩個孩子沒辦法，班導也只能意思意思要他們握手言和，便讓我們各自離去。

一走出校門口，原本默默跟在我身後的黃品豪，忽然加快步伐越過我，頭也不回地撂下一句，「我自己回去。」

「黃品豪！」我下意識就想追上去。

「妳不要跟著我！」他的腳步絲毫未停，「就說了我自己回去！」

儘管知道他有多排斥我的靠近，我還是三兩步上前揪住了他的書包背帶，「你給我等一下！」

「妳放手！」黃品豪想從我手中奪回書包背帶。

「為什麼跟人打架？」我不肯放。

聞言，黃品豪表情一沉，嘴巴閉得死緊。

「說話啊！」看見他臉上的傷口，著急的我口不擇言，「阿嬤要是知道你跟同學打架，你會好過嗎？為什麼要跟同學起衝突？還有，你脾氣這麼大幹麼？為什麼不忍著點？」

「我又沒做錯事，爲什麼要忍？」黃品豪像是再也壓抑不住內心的憤怒與委屈，猛地大吼：「妳說啊！明明我什麼都沒做，爲什麼需要忍耐的都是我？」

我還來不及反應，路邊便利商店的門驀地打開，從店裡走出來的竟是姬無也。

姬無也以黑色絲帶束著馬尾，敞開的深色長袍裡仍是一身俐落的黑衣黑褲黑靴。

他先是看了看黃品豪，又看了看我，笑咪咪問道：「我是不是不該出現在這裡？」

我瞪了姬無也一眼，伸手拉過黃品豪，不讓他擋在店門口。

「不要碰我！」黃品豪不悅地甩開我的手。

「弟弟，不可以這樣跟姊姊說話。」姬無也依然是笑著的。

黃品豪回嘴，「你以爲我稀罕她當我姊啊！」

姬無也饒富興味地挑了挑眉，盯著黃品豪看，一副發現什麼新鮮事的模樣，「怪了，范好雨，你們一家是不是都有睡眠障礙？」

「什麼？」我皺起眉頭。

「妳弟跟妳一樣，眼下長年暗黑，而且痰火內擾，思慮過多，易怒易躁，多夢，夜不成眠。」姬無也信口說了一大串，問黃品豪：「你啊，上課一定都在補眠吧？」

黃品豪不像我，他一點也不怕被看透，反倒興奮極了，「你怎麼知道？你可以幫我？」

「當然。」姬無也歪頭睨了他一眼，「你要我幫你嗎？」

「黃品豪！」眼看兩人都要達成協議了，我趕緊把黃品豪拉到身邊，「姬無也，你最好離我弟遠一點。」

姬無也兩手一攤，一派無辜。

黃品豪瞪了我一眼，像是不滿我多管閒事。

「我要回去了。」他又一次甩開我的手，冷聲說道。

這次我沒再攔他。

目送黃品豪的背影逐漸遠去，姬無也倒是還若無其事地站在原地。

「姬無也，請你不要隨便跟我弟說那些怪力亂神的事！」我很不高興，扭頭對他下達警告。

「是是是，小的下次會注意。」姬無也一看就是心口不一，沒等我發難，他話鋒一轉，微笑問我：「對了，他的手機螢幕裂開了，妳有注意到嗎？」

✦

這幾天，我時不時就會想起姬無也。

想起時通常伴隨著一絲怒氣。

沒錯，我是沒注意到黃品豪的手機螢幕裂開了，但當下發生了太多事，我根本無暇他顧，沒發現也是很正常的事吧？姬無也憑什麼對我露出那種自以為是的笑容？

他以為自己是誰啊？

還記得小鴿說過，姬無也是可惜系帥哥，特立獨行的作風在校園裡很受矚目；元尚旭說，姬無也是個好人，專門替人分憂解勞；然而從朱采蓁的角度看過去，姬無也必定是個沒有禮貌、滿口鬼話的討厭鬼。

「……江湖術士。」

「咦？」停下攪拌咖啡的動作，我抬頭看向林孟謙。

「就是這個樂團『江湖術士』啊。」林孟謙指著貼在咖啡廳牆上的校園演唱會海報，「他們最近在獨立音樂圈滿紅的，沒想到我們學校可以邀到他們……不愧是妳啊，范好雨。」

「更誇張的是居然連K-FUN也能請過來！」朱采蓁雙頰紅撲撲的，眼睛盈滿興奮的神采，「天啊，居然今天晚上就可以見到他了！謝謝學姊，我愛死妳了！」

「我又沒做什麼，都是活動部的功勞。」

「謙虛什麼呢？」林孟謙拍拍我的頭，「忙得要死連句稱讚都不能收？」

「我不是這個意思……」話說到一半，我突然發現朱采蓁看著我們的眼神好像有些不對勁，「采蓁，怎麼了嗎？」

朱采蓁嚇了一跳，她別過頭看向窗外，一聲不吭。

此時，擺在桌上的手機連續傳來震動，我看了一眼，都是學生會幹部發過來的訊息。

「學生會那邊有事，我先走了。」迅速收拾好東西，我起身便要離開。

林孟謙抬手揮了揮，「演唱會見！」

「演唱會見。」我點點頭，注意到朱采蓁依然不看我，也沒向我道別，很不像平常的她。

我把這件事記在心底，想著之後再找機會問問她是怎麼回事。

演唱會主要是由學生會的活動部和公關部負責，其他成員包括我，都得聽從他們的指揮，哪裡有需要就往哪裡去，我一下子幫忙搬水，一下子和外包燈光音響公司的員工討論音響問題，一整天下來忙得暈頭轉向。

傍晚時分，演唱會的前期準備已全數完成，學生陸陸續續入場，活動部派了幾員大將在場邊管理秩序，體育館的看臺上很快就坐滿了人。

好不容易能夠喘口氣的我，拎著水瓶站在角落喝水，看著觀眾席間的應援燈牌一塊塊亮起，意識到演唱會終於要正式開始了。

「會長！出大事了！」小鴿氣喘吁吁地朝我跑過來。

「怎麼了？發生什麼事了？」

小鴿滿臉焦急，壓低聲音道：「K-FUN不見了！」

「不見？」我暗自叫糟，「妳好好把話說清楚。」

「剛才K-FUN的經紀人問我們有沒有看到K-FUN，他說他接了一通電話回來，K-FUN就不見了，不在休息室、也不在化妝室，手機也不通，幾個學生會成員找遍了體育館也沒看到K-FUN的身影，經紀人急得都快哭了！」

「有派人去學校其他地方找了嗎？」我問。

「有，可是學校這麼大……」

「還是得找啊！」我打斷她的喪氣話，思緒轉得飛快，「小鴿，跟大家說分組分區找，隨時透過群組回報消息。」

「我知道了。」她點點頭，立刻拿出手機吩咐下去。

望向座無虛席的場內，我心下焦慮，覺得自己不能只乾站在這裡等消息，也加入了找人的行列。

雖說校方沒有特地安排保全人員，但後臺人來人往、耳目眾多，若有人企圖擄走K-FUN這樣一個大男生，很難不被察覺，因此我推測K-FUN極有可能是自行走出體育館的。

但他爲什麼要走出體育館？走出體育館後會去哪呢？

體育館位於校園西側，最近的一棟建築是社團大樓，我打算先去那裡碰碰運氣。

此時留在社團大樓裡的學生所剩無幾，人聲稀落，我走過電梯前時，碰巧電梯門打開，兩名女生手挽手走了出來

「我想到了！」其中一名戴眼鏡的女生忽然大叫，「剛才那個人很像K-FUN！」

「白痴喔，K-FUN怎麼可能在這？」

「哈哈，說得也是。」那名戴眼鏡的女生也覺得自己這個念頭很離譜，「不過，那

個人滿奇怪的，一直低垂著頭，走路也搖搖晃晃的。」

「妳們說的那個人在哪裡？」我一個箭步上前攔下她們。

戴眼鏡的女生狐疑地看著我，「就在五樓，飲水機那邊。」

我向她們道謝，轉身跑進電梯，摁下樓層鍵。

一到五樓，我飛也似的前往她們所說的地點，然而飲水機附近並沒有人。

我不死心，腳步一轉，繼續沿著昏暗的走廊前行。

五樓非常安靜，大部分的社團教室都上了鎖，透過窗戶望進去，教室裡空無一人，走廊上也是。

有好一會兒，我只能聽見自己急促的喘息聲與前進的腳步聲，以及遠方的音樂聲——演唱會開始了。

難道K-FUN不在這裡？

才剛這麼想，我便發現前方有個穿著白色外套的人蜷縮在角落，抱著頭不停顫抖。

「你……」我小心翼翼地靠近對方，「你還好嗎？」

那人全身一震，驚惶地迅速背轉過身，嘴裡大聲喝斥：「不要過來！」

聽聲音那人是K-FUN沒錯！

不過K-FUN的狀態看上去不太正常。

我又往他走了兩步，放柔了語氣說：「K-FUN，我是這間學校的學生會長……」

K-FUN更加驚恐了，他試圖把自己縮得更小，「不要！拜託不要靠近我！」

一籌莫展之際，我忽然聽到一陣交談聲從不遠處傳來。

「我跟妳打賭，那個人一定是K-FUN！不然范好雨這時候不是應該待在體育館嗎？怎麼會出現在這裡？」說話的是剛剛那個戴眼鏡的女生。

「不是啊，K-FUN來這裡幹麼？」她朋友接話。

她們很快就要走到這裡了，這樣下去不行。

我緊張地環顧四周，瞥見幾步遠的社團教室門板底下透出燈光，既然裡頭有人，門應該沒有上鎖。

視線上移，上面的門牌號碼很熟悉。

十八號室，夢ㄉ王國。

沒有別的辦法了。

顧不上敲門，我伸手旋開門把，接著心一橫，低聲向K-FUN說了句「失禮了」，憑藉著腎上腺素的加持，將兩手穿過K-FUN的腋下，硬是把他拖進十八號室。

K-FUN發出微弱的尖叫，掙扎了幾下，不過他掙扎歸掙扎，力氣卻不比我這個女生來得大。

我氣喘吁吁關門上鎖，不忘拉上窗簾，杜絕那兩名女生上前窺探的可能。

「歡迎光臨？」

我聞聲抬頭，就見姬無也端坐在椅子上，手上的茶杯還冒著熱氣。

「不好意思，借我們躲一下。」我沒想和他解釋太多。

姬無也起身走來，彎腰察看躺在地上的K-FUN，K-FUN竟然昏了過去。

「妳朋友看起來很需要睡一覺。」姬無也淡淡地說。

「姬無也，都什麼時候了你還……」我忽然停住話，不敢置信地瞪大眼，「等一下，你是認眞的？」

姬無也嘆了口氣，「范好雨，我一直都是認眞的。」

我還沒反應過來，就見姬無也一把將K-FUN扛上肩頭。

「等等，你要幹麼？」

「我說了，他需要睡覺。」儘管扛著一個人，姬無也像是不怎麼費力，步履輕鬆地走向屏風後方的那張加大雙人床，「面色發白，汗出肢冷，氣息微弱，突昏暈，夢囈，顯是驚嚇之兆。他應該是被嚇到了。」

「被嚇到？」我追過去，「被什麼嚇到？」

「自己。」姬無也把K-FUN安置在雙人床上，替他蓋好被子。

被自己嚇到？我更不懂了。

姬無也從木櫃取出線香點燃，放進貘豹香爐，裊裊白煙散發出略帶清涼的甘甜香氣；接著他翻開K-FUN的眼皮看了看，探測了下他的脈搏，一連串動作做完，姬無也跟著翻身躺上床，把一隻手臂枕放在K-FUN的脖子下方。

我有些不安，就這樣放任姬無也施行嗎？難道不是該立刻將K-FUN送往醫院？

「姬無也……」

「噓。」姬無也伸指抵住嘴唇，「讓我陪他好好睡一覺。」

語畢，他闔上那雙琥珀色的眼眸。

隨著線香一點一點燃燒，空氣中盈滿了甜香，我握在手上的手機震動個不停，群組裡的每個人都在問我找到K-FUN了沒，我一時不知該如何回覆。

我要怎麼向其他人說明這種荒謬的情況？這麼做真的是對的嗎？

將目光落向躺在床上的那兩人，一開始K-FUN眉頭緊皺，呼吸急促，口中不時低喃幾句聽不明白的囈語，隨著時間過去，他的雙眉漸漸舒展開來，神態放鬆，呼吸平穩，臉上的血色也恢復不少。

十五分鐘後，姬無也先一步睜開眼睛，我正想開口，K-FUN也醒了。

「這是哪裡？」K-FUN眨了眨眼睛，迷茫地問。

「K-FUN！」我連忙走近床邊，「你還好嗎？有沒有哪裡不舒服？」

「你們是？」K-FUN搖搖頭，仍是迷迷糊糊的樣子，「我怎麼會在這裡？」

「我是這間學校的學生會長，他是……普通學生。」我才說完，就見姬無也一臉好笑地挑了挑眉，我沒時間理他，繼續向K-FUN解釋，「你剛才身體不舒服，睡了一覺，你現在覺得怎麼樣？」

「我……」K-FUN坐起身，轉了轉脖子，活動了下雙手，神情仍舊帶著點茫然，「很好。我覺得很好。」

「你確定嗎？你可以上臺表演嗎？」我再三確認，我可不想他在臺上出什麼狀況。

「雖然不知道是怎麼回事，但沒有比現在更好的了。」他對著我笑了，笑得如釋重負。

看著這樣的K-FUN，我也笑了出來。

「找到K-FUN了！」

我終於得以放心在手機群組裡寫下這條訊息。

✦

K-FUN今晚的演出很成功。

這是K-FUN第一次參與校園演唱會，壓軸登場的他用一首快歌就讓現場氣氛嗨到了最高點，所有觀眾都沉浸在他的音樂與舞臺魅力裡，最後臺下觀眾不約而同打開手機手電筒，點起一片燈海，K-FUN出乎意料地感動落淚，爲演唱會畫下溫馨的句點。

演唱會結束後，後臺的工作人員紛紛圍過去爭相和K-FUN合照，我站在原地，低聲說了句：「謝謝。」

站在旁邊的姬無也，似笑非笑地望著我，「妳在跟我說話？」

「不然呢？」我瞪他，難得想好好跟他說點話，他非要這樣？

姬無也還來不及回話，就見K-FUN快步走了過來。

「不好意思，我能跟你們聊聊嗎？」K-FUN禮貌問道，眉宇間盈滿輕鬆的笑意。

姬無也聳聳肩，大概是同意的意思。

我猜K-FUN可能是想聊剛剛他和姬無也睡的那一場覺，所以我很識趣地退到一邊。

「你們聊就好，我就……」

「一起去吧。」姬無也打斷我的話，抬手推搡我的後背，三個人一同走進K-FUN的休息室。

我和姬無也坐在雙人沙發上，我不太自在地往旁邊移了移，他注意到我的動作，又是一臉似笑非笑。

「謝謝你們。」K-FUN坐在另一張沙發上雙手交握，「如果不是你們的幫忙，我一定沒有辦法完成這場演出，這對我來說很重要。眞的，謝謝。」

「其實我沒做什麼，是姬無也幫了你。」我不敢居功，甚至莫名感到心虛。

「范好雨，坦然接受別人的謝意很難？」姬無也不客氣地推了下我的後腦勺，「妳明明也有幫上他的忙啊。當時在走廊上，妳不想讓其他人看見他狀態不對，擔心有損他身爲藝人的形象，所以才把他藏進十八號室。其實妳很善良，也很容易心軟。」

我很善良？容易心軟？

「家門不幸，生妳這個雜種囝仔，無血無淚，心肝怎麼會這麼狠！」

那一刻，我腦中倏地迴盪著阿嬤對我的斥罵。

「對了，」K-FUN突然眼睛一亮，「我在你們社團教室睡著時，做了一個夢，夢裡好像有個聲音在對我說話，雖然我不記得那個聲音說了些什麼，但那是我做過最好的夢。」

姬無也微笑，「你喜歡就好。」

「難道夢裡的聲音跟你有關？」K-FUN又驚又喜。

姬無也笑而不答，不置可否。

「謝謝你。」K-FUN又一次眞摯地向姬無也道謝，「我……我之前一直很害怕再次走進校園。」

K-FUN告訴我們，他曾經是校園霸凌的受害者。

他從很小的時候開始，就莫名其妙被同學排擠，成了班上的邊緣人，每次分組都免不了落單；再長大些，他決定主動排擠全世界，他不在乎有沒有朋友，他覺得一個人活下去也可以。

他以爲我不犯人，人不犯我，偏偏他身上像是帶著某種難以抹滅的氣味，那些以霸凌爲樂的人們總是會找上他，言語奚落、拳打腳踢、金錢勒索，在校園裡發生的痛苦回憶數不勝數。

從學校畢業、出道走紅之後，他對於校園的恐懼未曾消退，校園成了他不願踏足的禁地，所以他始終不肯接校園演唱會。直到這一次，他礙於人情，實在難以推託，才硬著頭皮接下，只是他在到場之後，還是無法克服過往的陰影，跌跌撞撞地逃出了休息室……

K-FUN開心地看向姬無也，「你知道在那個夢裡……」

「不要再想著那個夢，那會讓你再一次受到束縛。」姬無也輕巧地打斷他，「困住你的不是別的，而是你自己。你只要記得，你已經變得強大，往後不需要再害怕。」

K-FUN陷入了沉默，兀自細思姬無也所言片刻，眉間的陰霾盡數散去。

他鄭重對姬無也說：「我明白了。」

接著兩人天南地北聊了起來，大部分是K-FUN提出問題，姬無也回答，話題從姬無也的家世背景、夢ㄉ王國社團，到他的穿著打扮，看上去八竿子打不著的兩人竟聊得十分愉快，要不是經紀人過來敲門，這場談話可能會持續一整晚。

「對了，你剛剛說你們社團的經費來源是提供付費陪睡服務，那我該給你多少錢？不必客氣，儘管開口，我等一下轉帳給你。」

姬無也拍拍我的肩，「看在她的份上，算你免費。」

什麼叫做看在我的份上，算K-FUN免費？我沒弄懂姬無也的邏輯。

K-FUN看了我一眼，眼裡閃過一抹了然。

「知道了，那下次見。」他對姬無也燦爛一笑。

「恭候大駕。」姬無也向他拱手道別。

K-FUN和他的經紀人離去後，休息室裡只剩下我和姬無也。

「你該不會是要跟我收錢吧？」我艱難地從牙縫裡迸出這句話，這是我唯一想得到的解釋。

聞言，姬無也傻住了，好半晌才回過神來。

「蛤？」

「你不跟K-FUN收錢，不就是要跟我收錢嗎？你認爲演唱會是學生會負責舉辦的，所以要跟我收錢。」我兩手一攤，表明本人一窮二白，「學生會沒錢，我更是沒錢。」

姬無也的表情不斷變換，看上去有點精彩，最後他無奈地問：「范好雨，妳有被害妄想症？」

「不然呢？你討厭我，我討厭你，你剛剛還說什麼看在我的份上，請問我們之間的關係有好到這種程度嗎？」

「我哪有討厭妳？好好好，我不跟妳爭。」姬無也撇撇嘴，不知想到了什麼，露出狡黠的笑容，「好吧，既然妳都說我是要跟妳收錢了，要是不讓妳得償所願的話，也算是我的不對。」

「喂，說了我沒錢，你可別想獅子大開口！」

「陪我去吃頓飯吧。」姬無也搓著雙臂，「我好冷。」

✦

深夜的麻辣鍋店人聲鼎沸，這廂大聲歡笑，那廂吆喝著再點一盤肉，至於我和姬無也，我倆對坐在店中央的雙人桌，那邊的他埋頭苦吃，這邊的我呆若木雞。

姬無也要我陪他吃飯，他說他好冷。奇怪，不是應該說他好餓嗎？

「妳不吃嗎？」姬無也喝了一口浮著一層紅豔辣油的湯，他選了大辣還不夠，還要服務生額外加重辣度。「這鍋白湯是點給妳的。」

「姬無也，你喜歡吃辣？」我瞪著那鍋可怕的湯底，光是用看的，嘴巴都忍不住麻痛了起來。

「不算喜歡。」姬無也又喝了一口湯，「我只是會冷。」

「冷？」

他點點頭，「陪人睡過覺後，身體會很冷。」

經過的服務生聽見姬無也這話，偷偷瞄了他一眼，眼中閃過一抹明晃晃的鄙夷。

姬無也像是並未察覺，依舊泰然自若地涮肉吃菜。我心中頗爲他不平，畢竟我親眼見過他「陪人睡覺」，他確實只是和對方躺在同一張床上入睡，其他什麼也沒做——

好吧，其實我不能肯定他是不是「其他什麼也沒做」，但就算他做了些什麼，也絕對不是外人所想得那樣。

「爲什麼會冷？」我問。

「負面能量通常屬陰，我陪人睡覺，吸收多了對方的負面能量，身體自然畏寒。」

「元尚旭說，你就像是一顆吸收負面能量的石頭。」我一邊說，一邊在腦中組織已知的訊息，「可是，你並不只是一顆石頭，躺在他們身邊什麼都沒做，對吧？K-FUN說他在夢裡聽到有個聲音在跟他說話，那個聲音……是你？」

姬無也並不否認，「是我。」

「你是怎麼辦到……」我搖搖頭，改了說法問道：「不對，你在他的夢裡跟他說了什麼？爲什麼能幫上他的忙？」

「只是提點他一下而已。」姬無也涮了一片肉，抬頭問我，「要吃嗎？」

我想也不想便拒絕，「你說的提點是什麼意思？」

姬無也放下碗筷，似笑非笑地望著我，「妳就這麼想知道？」

當然想，畢竟這實在太不可思議了，不是嗎？

只是迎著他晶亮的目光，我忽然有些不自在，別過頭嘟囔道：「不說就算了。」

直到這時，我才意識到自己表現得太有興趣了。我很少對一個人感到如此好奇，尤其之前我還認定姬無也是個騙子，但親眼見到發生在K-FUN身上的變化，我不得不改變想法，承認自己是錯的，但是……

我有我的自尊，而我很難放下自尊。

「夢裡的一個念頭，就可以改變一個人。」姬無也忽然說道。

我默默看了過去，只見姬無也低著頭不看我，專注在吃他的麻辣鍋。

「什麼意思？」我順勢開口，隱約察覺到他不想讓我尷尬的體貼。

「就拿K-FUN來說好了，他長期被過去的夢魘所困，夢到的都是他在學生時期被霸凌的場景，他太習慣恐懼，沒有發現夢裡的自己已經長大，早有能力對抗那些令他感到痛苦的暴行。」姬無也勾了勾唇角，「我所做的，不過提點他幾句罷了。」

「也就是說，你的能力是進入別人的夢中，提醒他們在面對困境時該怎麼做？」

「要這麼說也可以，但採行的方法因人而異，略有不同。」姬無也不疾不徐喝了口熱茶，「有時候，我會像這次一樣透過畫外音的方式出言提點，或是裝成路人甲出手相助；有時候則是在允許的範圍內，偷偷改變一下對方的夢境。」

我試著想像，微微皺眉，「他們不會發現嗎？」

「夢裡發生什麼事都不奇怪啊。」姬無也笑了笑，「事實上，大部分的人醒來都不會記得我在他們的夢裡做了什麼，甚至記不清夢境的細節，只覺得自己做了一場和以前很不一樣的美夢，睡了一頓神清氣爽的好覺。所以，我才稱這叫『安眠體驗』。」

「聽起來好玄。」也令人難以置信。我沒把下半句話說出來。

「簡單來說，這裡，」姬無也舉起食指點了點大腦，「是很神奇的。」

夢境與潛意識息息相關，透過夢境向對方在潛意識進行暗示，甚至做下指令，進而改變其想法，這在邏輯上是說得通的。

「就像是《全面啓動》？」我想起一部很久以前看過的電影。

「很接近了，但我覺得更像《盜夢偵探》。」姬無也說的是另一部動畫電影，他收起笑容，「透過夢境可以治癒一個人的心理創傷，但也可能造成更多傷害。夢裡一個念頭或許就會改變一個人的一生，干預夢境的方式、干預程度的多寡都需要仔細衡量。」

聽到興頭上，我忍不住追問：「可以舉例嗎？」

姬無也沒有吭聲，放下手上的茶杯，表情像是蒙上了一層陰影。

「姬無也？」我察覺不對，小心翼翼地開口，「怎麼了嗎？」

打從認識姬無也以來，他都是一派輕鬆的樣子，好像對什麼事情都滿不在乎，這還是我第一次見他這樣。

眼前的他似乎很悲傷。

「姬無也……」我遲疑地開口。

「范好雨。」姬無也抬眸看我，竟然又是那副饒富興味的神情。

我被他的情緒變化搞得莫名其妙，「你……你幹麼叫我的名字？」

「妳終於對我感興趣了？」他嘴角噙著笑。

「誰、誰對你有興趣啊！」我的臉頰好燙，臉一定很紅。

可惡，他哪裡難過、哪裡需要人擔心了？

「好啦，先吃點東西吧。」姬無也曲起手指敲了敲桌子，「妳想了解我，未來有的是時間。」

「誰想了解你？誰跟你有什麼未來啊？」

「啊，聽起來眞令人害羞。」他故作嬌羞道。

我差點沒氣得翻桌，「姬無也！」

姬無也大笑出聲，眼睛再度瞇成了兩道彎彎的月牙。

前幾天的我一定無法想像，今夜我竟然會和姬無也同桌吃飯，更不可能料想得到我們一起度過了如此驚險的大事件，當初在他身上感受到的恐懼早已消失無蹤。

於是，我也笑了出來。

Chapter 3

「手機收到了嗎？」

結束上午的課程後，我走出教室，傳訊息給黃品豪。

「嗯。」

黃品豪的回應很簡短。

「他的手機螢幕裂開了，妳有注意到嗎？」

我又一次想起那天姬無也和我說的話。

黃品豪與同學打架原因未明，雖然黃品豪的脾氣是暴躁了一點，但那通常只針對我一個人，他不是那種會主動與人起爭執的孩子。

思及此，我立刻點開手機上的行事曆，打算找時間提前回家一趟。

即使我並不想回去，一點都不。

「好雨學姊！」

朱采蓁毫無預警地撲到我身上，手機從我手中飛了出去，重重摔到地上，螢幕上出現一道長長的裂痕。

「啊！怎麼辦？學姊對不起。」朱采蓁慌慌張張道歉。

說對不起有用嗎？

要是只會說對不起，那就不要做對不起別人的事啊！妳沒看見我在忙嗎？妳非得這麼魯莽？妳到底煩不煩？妳可不可以滾遠一點，爲什麼每次都要跑過來黏著我？

「沒事。」我壓下內心的憤怒，臉上撐起一如往常的微笑，「反正也該換了。」

「眞的嗎？」朱采蓁滿面愧疚，「要不然學姊妳拿去修，看多少錢我賠給妳好了。」

「不用啦，就跟妳說沒關係了。」我不可以生氣，絕對不可以。

「喔……學姊，眞的很對不起。」朱采蓁抿了抿唇，語氣變得有些小心，「那個，我其實想要問妳，孟謙學長的生日不是就在下個月嗎？我想幫他辦個生日派對，妳覺得怎麼樣？」

就爲了這件事，妳莽撞地弄壞我的手機？

「很好啊。」我死死地緊握著手機，「妳想辦在哪裡？」

「我打算包下『小劇場』。」她興致勃勃地說。

「包場？」我眉頭一皺，「會不會太盛大了？」

「怎麼會呢？學長的朋友那麼多，包下一間餐廳只是剛好而已。」朱采蓁的家境和林孟謙相仿，兩人都屬於花錢不眨眼的類型，「學姊，妳覺得是不是該用大量鮮花布置現場，學長喜歡百合……」

場地、鮮花布置、蛋糕、食物、酒水、禮物，她說的這些，哪一樣不用花錢？

我越聽越覺得頭疼，好不容易壓下的怒火似乎又要復燃。

不過就是個生日，有必要這麼大張旗鼓嗎？

「不好意思，采蓁，我得先去處理學生會的事。」無視朱采蓁臉上的錯愕，我面不改色地說謊，我想逃離這場討論，我對這些一點興趣也沒有，「之後有任何需要幫忙的地方，妳再跟我說，好不好？」

「好雨學姊！」

說完我不等她回話，匆忙離開。

我知道自己不正常。

爲親近的朋友籌畫生日，我卻覺得煩躁，這樣正常嗎？心裡很氣別人弄壞我的手機，卻死命地假裝不在意，這樣正常嗎？明明知道自己不正常，卻還是得裝出正常的樣子，這樣，正常嗎？

「生眼睛沒看過妳這種囡仔！沒血沒淚、心狠手辣！」

「跟妳討客兄的媽媽一個款，專門生來敗壞我們黃家！」

「我看到妳就討厭！應該死的是妳！」

手機傳來震動，有人打電話給我，我停下腳步，看了眼來電顯示。

「喂，郭大哥。」我刻意用輕快的語調接起，「好久不見。」

「好雨，好久不見，最近過得好嗎？」郭大哥的聲音開朗一如既往，「我剛才開車經過妳們學校，想到好久沒跟妳聯絡了，馬上撥了通電話給妳。如何？生活一切都好吧？」

「我很好啊！」幾乎是直覺反應，我挑出最可能讓他覺得我過得好的事情說，「郭大哥，我今年當上學生會長了。」

「眞的假的！恭喜妳啊，果然我們好雨就是最棒的！」郭大哥毫不吝惜地稱讚我，就像我小時候一樣，「哎呀，要是妳早一點跟我說，我就請妳吃飯慶祝了。」

「不需要啦，也不是什麼大事。」我沒多想便答。

話筒那方霎時安靜了幾秒，我彷彿看見郭大哥那雙總是充滿眞誠的眼睛正注視著我，我不該推拒他的好意，對嗎？

「好雨，妳眞的很棒。」他一字一句說得既有力又溫柔，「記住這一點，好嗎？」

「謝謝你，郭大哥。」我抿了抿唇。

結束通話後，我站在原地久久無法回神。

與郭大哥的相遇已經是將近十年前的事了。

我清楚記得當時郭大哥穿著淺黃色上衣、深色牛仔褲，臉上掛著小心翼翼的笑容，走進那間牆上漆著繽紛色彩的會談室，記得他是如何唸故事給我聽、自顧自地對我說話，耐心消弭我的心防；我當然也沒有忘記，當我終於願意牽他的手，他的表情是多麼歡喜。

十年了，經過那麼長的時間，我仍然記得第一次見到郭大哥的情景，卻始終找不回十年前完整的記憶，只能回憶起斷斷續續的畫面——

一股劇烈的疼痛倏地在腦中迸開，我痛得倒抽口氣，閉起眼睛想讓自己緩一緩。待我再次睜開眼睛，餘光瞥見一片長袍衣角飄揚。

有那麼一瞬，我幾乎就要伸手抓住那片衣角。

視線上移，姬無也不知道什麼時候來到我的身前，正目光沉靜地看著我。

然後，頭痛神奇地消失了。

「要喝茶嗎？」姬無也露出微笑。

當我回過神來，人已經站在社團大樓五樓十八號室門口。

姬無也紳士地打開門，讓我先進去。

「好雨！」此時，有人突然從後方叫住我。

出聲的是一個綽號叫做香菇的女生，是我的系上同學。

「你先進去吧。」我對姬無也說。

他聳聳肩，轉身走進十八號室，並隨手關上門。

「妳怎麼會跟姬無也在一起?他、他……」香菇急急忙忙拉著我走到一旁，呑呑吐吐，像是在猶豫該如何措辭。

「姬無也怎麼了嗎？」

香菇雙眉緊蹙，滿面憂色，「他陰氣纏身，不好。」

我本來有點驚訝香菇怎麼會和我說這個，隨即想起，香菇之所以有這個綽號，是因爲她身具靈異體質，被人稱作「仙姑」，仙姑叫著叫著變成了香菇。

她所處的靈能占卜社，就在隔壁十九號室。

「沒事，我明白。」我點點頭。姬無也和我解釋過了，他只是在「陪人睡覺」的過程中，吸收他們身上的負面能量罷了。

香菇睜大眼，「他交友複雜！」

「我知道。」

那些應該都是客人……吧？雖然並不能完全肯定，但姬無也的交友情況與我無關。

香菇有些急了，壓低聲音說：「而且他、他男女不拒！」

那又怎樣？性別平權嘛。

「我很支持。」我依然不爲所動。

香菇愣住了，「好雨，沒想到妳這麼開放。」

「要是沒別的事的，我先進去了，明天課堂上見。」我向香菇揮揮手，打開十八號室的門走進去。

安靜的十八號室裡只有姬無也一個人，他正端著一壺剛沖好的熱茶走向桌邊。

「這是美夢成眞茶。」他倒了一杯，示意我坐下來喝喝看。

「美夢成眞茶？」我迫不及待淺嘗一口，茶香裡隱約含著一股淡淡的杏桃味，「好好喝。」

姬無也替自己倒了杯茶，可他沒有喝，只是一個勁兒地看我。

「幹麼這樣看我？」我被他看得很不自在。

「范好雨，妳不討厭我了？」姬無也想來是聽到了香菇和我方才的對話。

「那你呢？」我反問他，「你不討厭我了？」

姬無也失笑，「我從來就沒有討厭妳啊。」

「即使我賞過你一巴掌？」

「喔，這我倒是忘了。」姬無也撇撇嘴，抬手摸了摸臉頰，「反正也不怎麼痛吧。」

我知道姬無也說的是眞的，他確實沒把這件事放在心上。

是因爲他不覺得痛，所以能很輕易地忘了嗎？那如果我打得再大力些，他覺得痛了呢？是不是他就不會忘了？或者不管他當時痛或不痛，只要能忘記都好，忘記了，就可以不痛了……是這樣嗎？

「范好雨，妳在想什麼？」姬無也忽然問我。

我什麼都沒在想。我本來應該要這麼回答。

但不知爲何，當我看著他那雙琥珀色的眼瞳，卻忍不住脫口而出：「是不是忘記了，就可以不痛了？」

如果答案是肯定的，那爲什麼我不行？我明明忘記了很多事，卻還是感到痛苦。

「什麼意思？」

「我得了心因性失憶症，失去了局部記憶。」我說，看見姬無也的眼睛因爲訝異而睜大。

我在十歲那年確診，完整的病名是創傷後壓力症候群併發心因性失憶。

每當我試圖回想，便會迎來一陣劇烈的頭痛，痛得我不敢再想。

就連醫師和郭大哥他們，也勸我別再執著於找回那些缺失的記憶，他們甚至對我說，永遠想不起來也很好。

他們其實不希望我想起來，而我很清楚原因。

「我能知道爲什麼嗎？」姬無也的措辭變得謹慎，「剛剛在路上遇到妳的時候，妳的情況很不對勁，跟這個有關？」

姬無也是個心細的人，我並不意外他能快速將這兩件事連結起來。

「你不是應該什麼都知道嗎？」然而面對這樣的他，反倒讓我生出了逆反心理，回話帶上了挑釁的意味。

「我的能力是解夢與入夢，可不是讀心。」他沒被我的態度影響，語氣仍然平靜。

「是你們僞裝太多，害怕被人看穿。」

「是嗎？我怎麼覺得不只如此？」我十分不以爲然，姬無也說過的那句話，我記得很清楚。

「如果妳指的是我那次對妳和妳那個富二代男友說的那句話……」

我隨口糾正，「他不是我男朋友。」

「喔？那太好了。」

沒等我想明白姬無也這話是什麼意思，他又繼續說下去。

「中醫強調望、聞、問、切，我也有這樣一套診斷流程，差別只在於我的『切』不是把脈，而是進入對方的夢境。」姬無也慢條斯理地解釋，「透過望、聞、問，摸清對方心裡眞正的想法或難以言說的祕密，其實是診斷的一部分。有些人把想法全寫在臉上，觀察其表情和面色便能猜得七七八八；有些人聊著聊著就會自動對我挖心掏肺；有些人則是將祕密深藏心底。范好雨，妳是把自己的祕密藏得最好的那種人。」

「這是稱讚？」

姬無也歪了下頭，「妳激起了我的好勝心。」

我蹙眉，「什麼意思？」

「范好雨，我想跟妳睡覺。」姬無也勾起微笑，「就各種意義而言。」

「如果妳願意的話，有空就多過來這裡看看，算是……給自己一點心理準備吧。」

那天的最後，姬無也是這麼對我說的。

什麼心理準備？跟他睡覺的心理準備？

當我這麼問他的時候，姬無也並未反駁，只輕輕笑了笑。

儘管我隱約察覺姬無也的笑容藏著別種意涵，但當時的我沒有心思挖掘。

不管姬無也的目的爲何，出自於純粹的好奇也好，或是滿足他所謂的好勝心也罷，只有一件事我很清楚，那就是絕對不能被別人發現我的祕密。

◆

「好雨，妳過來一下。」財務管理課結束後，和我關係一向很好的賴教授把我喚了過去，「下學期我工作室有個職缺，是給薪的助理職，妳有興趣嗎？」

得到出乎意料的工作機會，我驚喜非常。

「有！當然有！」我無法克制自己的嘴角上揚，畢竟大三下學期課修得少，我本來就打算再找一份兼職，「可是，老師，我下學期還是有修幾門課，學校這邊也有事情得忙……」

「哈哈，不用擔心，我知道妳的行程比我還滿。」賴教授大笑，「反正也不是很繁重的工作，薪水就按照妳實際出勤的時間計算，如何？」

「好！謝謝老師！」我一口答應，這麼好的機會當然要把握。

和賴教授道過謝後，我開心地回到座位收拾好東西，正要離開教室，卻注意到兩名同學朝我投來不友善的眼光。類似的事我不是第一次碰上了。

「做作女，只會裝好人。」

「范好雨有夠假的，她到底憑什麼啊？」

「我看哪，她根本跟老師有一腿吧！」

不管過去還是現在，不管別人怎麼說我，我一直都很努力把握住任何一個機會，儘管問心無愧，我還是會爲他們的誤解與惡意感到氣憤。

「拜拜，回家小心。」然而，我終究還是對她們揚起笑容。

原因很簡單，我必須當個好人。

一踏出教室，林孟謙就從旁邊走過來拍了下我的肩膀。

「下課啦？」

他出現的時機正好讓我轉移情緒。我喜孜孜地告訴他，賴教授主動提供我一份助理工作，我過去幾乎沒碰過這種從天而降的好事。

見我這麼高興，林孟謙馬上提議，「要不要去慶祝一下？」

「嗯！」我沒多想，一口答應。

林孟謙習慣的慶祝方式，向來和我很不一樣。他總是選擇去吃一客要價不菲的西餐，或是去某間高級酒吧喝酒，以往我多半會順著他的意，但今天主角是我，他得聽我的。

我硬是拉著林孟謙去到他平時堅決不踏入一步的速食店，點了一大桶炸雞全家餐，看他勉爲其難地用手抓起炸雞吃了起來，明明覺得美味，卻又厭惡手上的油膩，我忍不住放聲大笑。

飽餐一頓後，我們在街上閒逛，他動不動就想買東西給我，無奈之下，我只好沒收他的錢包，這讓林孟謙很不滿。

「范好雨！」林孟謙指向街邊的電子遊戲場，「我們來比一局，要是我贏了，妳就把錢包還我，隨便我想買什麼給妳都可以。」

我失笑，簡直要被他打敗了，「林孟謙，你就這麼想花錢？」

「本少爺錢多。」他拍拍我的頭，率先走了進去。

一局五十元的末日求生射擊遊戲，比賽規則很簡單，誰的分數高，誰就贏了。

林孟謙信心滿滿地上場，果然得到了不錯的成績。

「換妳啦。」他把槍交到我手上，替我投下代幣，「別輸得太難看。」

我瞪他一眼，要他閉嘴。

這是我第一次玩這種遊戲，不熟練的我一下子便大幅落後。

「左邊！范好雨！」身爲對手的林孟謙看了也受不了，「妳有沒有長眼睛啊？」

「你不要吵啦！」我試圖瞄準目標，卻毫不意外地射擊落空。

遊戲裡喪屍的攻擊越來越激烈，象徵我生命的血條一點一點減少。

盯著螢幕上的鮮紅血霧，我腦中一瞬間閃過幾幅影像——躺在床上的男人、躲在角落的女人，以及拿著刀的我。

又是一陣劇烈的頭痛襲來，痛得我連槍都握不住。

「好雨？好雨，妳沒事吧？」林孟謙擔心地扶著我的肩膀，「身體不舒服嗎？」

我用力眨了幾次眼睛，大口喘著粗氣，「我沒事。」

此時，遊戲場一隅傳來爭執聲，我和林孟謙同時轉頭望去，幾名不良少年團團圍住一名瘦弱的男孩，對他一陣拳打腳踢。

待我看清那名男孩的面容，我立刻拔腿衝上前去，硬是用身體替男孩擋下一拳。

「幹！哪來的蕭查某？」出手的少年嚇了一跳。

黃品豪滿臉青紫，一雙被打得腫脹的眼睛裡透出驚訝，「……范好雨？」

「你們是誰？」我忍著肩膀上的疼痛，大聲喝道，「誰准你們欺負我弟的？」

「哎喲，還以爲是路過的蕭查某，沒想到是姊姊來了。」帶頭的那名黑衣少年發出一記嗤笑，裝模作樣地抱住自己，「怎麼辦？弟弟怕怕——幹，林北見過媽寶，沒想到還有姊寶，黃品豪，少給我躲在女人後面！你他媽是不是男人？」

「范好雨，妳走開。」黃品豪這個白痴，竟然眞的將我推開。

「你等一下！」我急著拉住他。

「喂，小屁孩，有話不能好好講嗎？」林孟謙也過來了。

「這又是誰啊？怎樣，大人了不起？話可以好好講就不需要警察了啦！」見我們這邊有成年男性加入，少年們即使嘴上猶自不肯示弱，卻顯然有了忌憚。

「要警察是不是？早說啊，哥哥幫你！」林孟謙說到做到，掏出手機撥打，「喂，警察局嗎？這裡是景安街上的電子遊戲場……」

沒想到他是玩眞的，幾名少年你看我我看你，眼神藏不住緊張。

「幹！黃品豪，給林北等著，明天你就完蛋了！」領著小弟退走前，黑衣少年不忘撂下狠話。

黃品豪的臉上和手腳看得到的地方都有傷，我不敢想像衣服底下會是什麼樣子，只能跟店家借了醫藥箱，替他做簡單的消毒和包紮。

「不要碰我，我沒事啦！」黃品豪甩開我的手，這一甩，直接把我手上的藥水一併甩至地上。

「什麼沒事！你最近爲什麼一直跟別人打架！」從上次累積至今的不滿終於爆發，我衝著他怒吼：「我問你啊！你頂著這張臉回家，阿嬷看到了會怎麼說？你就不能安分一點過日子嗎！」

說到最後，我氣得幾乎哽咽。

黃品豪只是死瞪著我，不肯吭聲。

「好雨，妳不要反應過度。」林孟謙被我嚇到了，這是他第一次見我發火，「小朋友叛逆期嘛。」

「這叫叛逆期？你叛逆期的時候是這樣嗎？我叛逆期的時候有這樣嗎？」

「如果不是妳，我會變成這樣嗎？」黃品豪突然開口，目光仍緊緊地盯著我，「妳以爲我想跟別人打架？妳以爲我願意嗎？換我問妳啊，范好雨，我會這樣到底是誰害的？」

黃品豪的眼眶倏地一紅，眼睛裡蓄滿了淚水。

我傻住了，「品豪，我……」

「這一切不就是妳造成的嗎？」他冷冷說完，用力撞開我就走。

彷彿被人一槍打中了要害，我無言以對，腦袋一片轟鳴。

後來，林孟謙見我神態委靡，提議送我回家，我拒絕了。

「我不放心妳一個人回家。」林孟謙拉住我。

「我沒事。」我只是覺得好累，「我想要一個人靜一靜。」

「妳弟到底是怎麼回事啊？」林孟謙皺眉，「打架就算了，還把自己的過錯推到妳頭上？那個臭小子有沒有良心，要不是妳替他解圍，他不知道會被打得多慘！范好雨，妳家裡的人一定就是太寵他了，所以妳弟才會……」

「閉嘴。」

林孟謙一愣，略微結巴道：「什、什麼？」

「你什麼都不知道，麻煩你閉嘴。」我說。

「范好雨，我是關心妳欸！」林孟謙不敢置信地瞪大眼，「妳弟那樣對妳，妳都不會生氣傷心？而且我可是在幫妳說話。」

「他怎麼對我，那是我的事。」黃品豪說得沒錯，這一切都是我造成的，他不需要一個什麼都不知情的人來責怪他。「我沒有請你站在我這一邊。」

我根本沒有資格要誰站在我這一邊，誰都不該站在罪人的這一邊。

「好！算我多管閒事！」林孟謙深吸口氣，似是強自按捺心中的不快，耐著性子說：「妳到底要不要我送妳回家？」

「不需要。」我別過頭。

「你們姊弟倆根本是一個樣，把別人的好心當成什麼了啊！」我的再次拒絕耗盡了林孟謙最後一絲耐心，他氣得口不擇言，忿忿地掉頭離去。

夜裡的街道上人來人往，林孟謙的背影很快消失在人群之中。

他走了很好。

我這樣的人，一點都不值得別人的體貼。

夜裡林孟謙打了幾次電話、傳了幾次訊息過來，我始終沒有回應。

◆

隔天一大早，我從租屋處搭公車回家。

其實我不知道那裡還能不能被稱之爲我的家，升上高中後，我就沒住在那了，算一算，我住在那裡的時間也不過才三年多一些，當年我幾乎是逃著離開那裡的。

不曉得黃品豪今天有沒有去上學，我昨晚傳過去的訊息他全都不讀不回。短短一個星期就和人打了兩次架，以他的個性來說，這實在很不尋常——我很後悔自己沒早一點意識到這一點，更後悔昨晚自己對他劈頭就是一連串的指責，一句關心的話語也沒有。

下了公車，走進寧靜的小巷，上班族和學生出門後，整排比鄰的透天厝就只剩下老人獨守。

家門前髒亂的騎樓堆著許多故障的家電和一輛鏽痕斑斑的腳踏車，還有一座結滿蜘蛛網的破舊狗屋。

我拉開紗門，悄悄走了進去，「黃品豪，你在家嗎？」

一樓客廳沒人，電視也沒開，桌上沒有擺著切好的水果，空氣隱約瀰漫著一股腐敗的氣味，我有些恍惚，一時之間竟不知該如何是好。

「誰准妳來的？」一道嘶啞的老年婦人嗓音，從通往廚房的走廊傳來。

我怯怯地喊了聲，「阿嬤。」

「不要叫我阿嬷，我沒有妳這種夭壽仔當孫女。」阿嬷套著拖鞋的腳拖行在地上，緩緩走了過來，腿腳似乎有些不便，「看到妳這個衰尾查某，我就一肚子火。」

「品豪在家嗎？」我深吸口氣，問道。

「我哪知道？看到人也不會叫，整天躲在房間毋知在做什麼。」阿嬷嫌惡的眼神在我的臉上打轉，「久沒看到，長得跟妳那個越南老母越來越像，不知好歹，養妳們跟養狗一樣沒用！」

我裝作沒聽見阿嬷那些難聽話，僅從中擷取出有用的資訊——黃品豪應該在家。

在阿嬷無止盡的謾罵聲中，我默默退到樓梯邊，轉身上了二樓。

陽光照不進來的二樓，飄散著木頭的腐朽味，走廊盡頭是我過去和黃品豪共用的房間，自從我搬出去以後，就剩黃品豪一個人住了。

「品豪？」我敲了敲緊閉的房門，「品豪，你在裡面對吧？」

等了一會兒，房裡始終毫無動靜。

我靈機一動，拿出手機撥打他的號碼，果然房內傳出了鈴聲，並且馬上就被人掐斷。

「黃品豪！」我敲門敲得更用力了，「我知道你在裡面！給我開門！」

大概是覺得再躲也沒用，黃品豪一把拉開門，「吵死了！妳到底想幹麼啦！」

經過一夜，他臉上的瘀紫看上去更加怵目驚心。

我忍住焦急與心痛，盡量用平和的口氣問：「你是不是被別人欺負了？」

「關妳屁事啊！」

「我是眞的想要幫你……」

「幫我？妳可以幫我什麼？」黃品豪時值變聲期，嗓音仍帶著少年的尖銳，「我沒爸沒媽，妳可以幫我嗎？我沒錢，妳可以幫我嗎？他們沒說錯啊，我他媽連班費都繳不出來，根本就是個廢物，我會變成這樣都是妳害的，妳到底哪來的臉說要幫我！」

「什麼班費？」我一愣，這件事我是第一次聽說。

黃品豪頭一撇，拒絕回答。

面對他的這種反應，我向來束手無策。

「反正，我會請老師注意你的情況。」目前這是我唯一能做的了。

一聽到我要通知校方，黃品豪終於急了，「妳不要多管閒事！這只會讓他們做得更過火！」

「不然你要我怎麼辦？要我眼睜睜看著你被打嗎？」我不可能什麼都不做，「黃品豪，你可以恨我、討厭我，可是我拜託你，照顧好你自己，以後不管你想要什麼，只要你開口，我都願意給你。」

我這是在求他嗎？

或許吧，畢竟他是我唯一能祈求原諒的對象了。

黃品豪沒有馬上回話，過了半晌，他終於出聲。

「不管我想要什麼，妳都願意給我？」

我心下一喜，大力點頭，「嗯，只要是你想要的，我一定會想辦法帶給你。」

「我想要的，妳永遠都無法帶給我。」他語氣冰冷。

「你說說看！」我不死心。

「那我要妳把爸爸帶回來。只要妳能讓他復活，我就原諒妳。」

黃品豪這番話宛若一支利箭，狠狠刺進了我的心臟。

我怔怔地望著黃品豪，他猶然稚氣未脫的臉龐，依稀還能找到幾分小時候的樣子……他小時候會黏著我、會對我笑、會跑來找我討抱，如今他看著我的眼神只剩下了憎恨。

大力甩上房門前，黃品豪冷冷看了我一眼，齒間迸出了兩個字：「惡魔。」

我心中的某塊角落似乎崩塌了，全身提不起一絲力氣，兀自站了好一會，才轉身踩著虛浮的步伐下樓。

「活該死好，連自己的親弟弟都不原諒妳。」阿嬤坐在客廳的木椅上，向我投來鄙夷的目光，「早知道我就不要那麼好心，直接讓政府把妳帶走，白白浪費錢養妳這麼多年……」

我得離開這裡。

「跟妳媽一樣！妳這個查某心有夠狠，才會做出那種事！」阿嬤罵道。

我得立刻離開。

「像妳這種精神有問題、沒血沒淚的人，應該關在醫院等死，要不就是自己去給車撞死，不然哪天又突然發作，又會禍害其他人！」阿嬤繼續罵個不停。

我顫抖著手拉開紗門，踉蹌地逃出那個家。

雖然這些話我聽了好幾年了，但每次聽都還是會在我的心裡劃下一道傷痕。

就算離開了又如何？某部分的我卻仍然困在那裡，一輩子無法逃開。

像是不知道疲累，我漫無目的地走過一條又一條街道，鼻間仍能聞到木頭的腐朽味，耳邊不斷迴盪著阿嬤忿恨的咒罵，想著連我曾經最親近的弟弟都視我如蛇蠍。放在口袋的手機不斷震動，我置之不理，最後可能是電力耗盡了吧，手機終於安靜了下來。

我不停地往前走，直到天色暗下，華燈初上，才驀地停下步伐，感覺自己筋疲力盡，兩條腿痠得要命。

站在原地，我茫然四顧，不知道自己該往哪裡去，更不知道自己之後該怎麼辦。

等我意識到的時候，眼淚已經沿著我的面頰流淌而下。

「范好雨？」

我循聲扭頭望去，姬無也站在我的身側，依然是那身熟悉的裝扮，一身黑衣黑褲，外面罩著一件深色長袍。

姬無也眉頭緊蹙，面色著急，他嘴巴一張一合，像是在說話。

我聽不見他說了些什麼，也並不在乎。

「姬無也，你不是想知道我的祕密嗎？」我兀自開口。

這個重重壓在我心上的祕密，我再也扛不住了。
「我，殺過人。」

Chapter 4

「好辣。」坐在麻辣鍋店裡，我喝了口大辣加辣的那鍋湯。

姬無也一隻手支著下巴看我，琥珀色的眼瞳裡帶著審視的意味，「好一點了？」

「你又去陪人睡覺？」我不想回答，硬是轉了話題。

「嗯哼。」姬無也倒也不戳破我的意圖，故作可憐地嘆了口氣，「所以現在才孤單寂寞覺得冷啊。」

「是什麼樣的客人？」

「一個失戀的女人。」他替自己添了一碗湯，「每天哭著入睡，夢到的都是以前的回憶，醒了又哭，哭了又睡，白天精神不濟，嚴重影響生活，不得已只好來找我。」

「跟你睡過一覺後，問題解決了？」

「也沒什麼解決不解決的。」姬無也看了我一眼，這次他開門見山道：「范好雨，妳還沒回答我剛剛的問題，妳好一點了嗎？」

稍早在心情激盪之下，我對姬無也提起了「那件事」，我不知道他信了多少，也或許他根本沒聽清我說的話。

無論如何，此刻我並不想跟他討論。

「嗯。」我不著痕跡地深吸了口氣，「好多了，謝謝。」

「然後？」他挑眉，「妳不和我解釋一下？」

我勉強撐起笑，「我只是……一時情緒崩潰，沒什麼好說的。」

一時情緒崩潰也該有個原因，我編的謊話連自己都騙不過。

我故作無事地舉起筷子，暗自祈禱他不要再問下去。

「范好雨，妳眞的殺過人？」事實證明，姬無也確實聽見了。

我手一抖，筷子掉到了桌上。

「……怎麼可能？」我抽出一張餐巾紙擦拭筷子，藉此迴避他的目光，「我只是開玩笑，你當眞了？」

「是啊，我很容易當眞。」姬無也說話的語調聽不出情緒。

「你太容易相信別人了吧。」我刻意笑出聲，表面如常，心跳卻遽然加速，「要是我殺過人，現在應該在監獄服刑吧？除非我患有嚴重的精神疾病，才能逃過刑罰，我看起來像精神失常的人嗎？」

「妳很完美。」姬無也淡淡地說，「完美得不尋常。」

完美……有錯嗎？

那我到底要怎麼做才能像個「正常人」？

「雖然我不懂你的完美是什麼意思，但……」我不可以慌，絕對不行，「謝謝稱讚。」

姬無也盯著我看了好幾秒，「好雨，妳之前問過我一個問題。」

什麼問題？我緊張了起來，幾乎得逼迫自己呼吸，才不至於缺氧。

「妳問我，是不是忘記就可以不痛了？」姬無也似乎正在觀察我每一分的表情變化，「妳還記得嗎？」

我竭力穩住心神，「好像是有這麼一回事。」

「比起忘記的人，記得的人才痛吧？」姬無也盯著我不放，「忘記的人憑什麼說痛？什麼都忘了爲什麼還會痛？記得的人才有資格喊痛，不是嗎？」

……不是，不是這樣的。

「我看到妳就討厭！應該死的是妳！」

「我會變成這樣都是妳害的！」

我忘記了很多，卻也記得很多。

這樣的我，應該被歸類在哪一邊？

這樣的我，有沒有資格喊痛？

或許是沒有的吧。

「說得也是。」我強自鎮定，捏緊了手指。

「之前我一直這麼想，直到妳的出現，我才重新思考這個問題。」

我一愣，抬頭看向坐在對座的姬無也，發現他的眼裡有著不知從何而來的悲傷。

「忘記的人，應該也很痛吧？」姬無也微微勾起嘴角，卻不是眞的在笑，「大家都記得的事，只有自己莫名其妙忘了，怎麼都想不起來，旁人某些無心的話語、眼神，甚至是表情，看在他們眼裡都是一種責怪——責怪他們怎麼會不記得了呢？那些事明明都發生過啊……他們應該很痛苦吧？」

此時的我忽然明白，姬無也早就不是在談論我的事了。

他是眞的理解忘記的痛，但他談論的那個對象並不是我，他只是透過我看見了另一個人，而且他因爲那個人而感到悔恨。

那個人，會是誰呢？

姬無也不一會兒便收拾起情緒，注意力一下子轉移到食物上，還不忘招呼我快吃。我卻忍不住一直回想起他方才說的那段話，以及他表情裡藏不住的黯然。

吃飽喝足後，由於時間已晚，姬無也說要送我回家，我沒有拒絕，畢竟他遇上我時，我的確狀況很不好，若是我再推拒，他必定不會放心。

我們並肩走在夜晚的人行道上，姬無也忽然冒出一句：「我上次的提議，妳考慮得怎麼樣？」

「什麼提議？」

「有空多來社團看看。」

聞言，我沒有回話，只是繼續往前走。

「不想來？」姬無也不放過我，「還是，妳會害怕？」

「有什麼好怕的？」餘光瞥見他的袍角飛揚，我死瞪著前方，怎樣就是不肯看他，「我只是……」

「只是？只是什麼？」

「姬無也，我……我偶爾會頭痛，算是失憶的後遺症吧。」我不敢告訴他，自己的失憶是創傷後壓力症候群所引起的。「但只要你在我身邊，頭痛的症狀就會消失。你知道是什麼原因嗎？」

姬無也疑惑地挑眉，低著頭細細思索片刻。

就在我以爲姬無也會搬出一套玄之又玄的說法時，他竟然聳了聳肩，「我不知道。」

「算了，當我沒問。」

「也許是因爲我吸收了妳身上的負能量，進而讓妳的疼痛減輕。」姬無也無所謂地撇撇嘴，「別人拿我當安眠藥，妳把我當阿斯匹靈，聽起來也滿合理的。」

什麼阿斯匹靈？到底哪裡合理？

我差點笑出來……好吧，我是笑了，引來姬無也看著我似笑非笑。

「妳不覺得這是一個很合理的解釋嗎？」夜風拂過，姬無也的長袍下擺輕輕飄揚，「妳多來社團走走看看，既可以消除妳的頭痛，又可以讓妳有心理準備……」

「你只是想騙我跟你睡覺！」我沒好氣地嚷嚷道。

姬無也先是愣了一下，隨即爆笑出聲。

可惜系帥哥。

我不合時宜地想起小鴿冠在姬無也身上的稱號。

看著距離我僅有幾步之遙的姬無也，路燈的光線勾勒出他立體的臉部輪廓，彷彿能看穿人心的眼睛彎成了月牙，即便他穿著長袍，紮著一束小小的馬尾，有事沒事就陪人睡覺，都無損於此刻他在我眼前綻放的笑容。

這就是姬無也，他一點都不「可惜」啊。

「我不否認我眞的很想跟妳睡覺，畢竟妳似乎是個很有趣的個案。」姬無也就是靠著這張臉，才能講這種話卻不被警察抓走。「不過，好雨，我也是眞的想幫妳。」

「謝謝，但不必了。」我躲開他的注視。

「爲什麼？」

「沒爲什麼。倒是你，幫我對你有好處嗎？」

姬無也想也不想便答：「有啊。」

「什麼好處？」

「嗯……」姬無也沉吟了一下，眼中像是有些什麼一閃而過，「消除我的罪惡感？」

又來了。

又是那種帶著悲傷的眼神。

「再說吧，我考慮一下。」我才說完便聽見一記怒吼。

「范好雨！」林孟謙站在我的租屋處門前，臉色非常難看。

我嚇了一跳，下意識看了一眼身旁的姬無也。

這個舉動明顯讓林孟謙更不高興。

「妳蹺課、不接電話，失蹤了一整天，我還以爲妳出了什麼事，急著到處找妳，結果呢？」

林孟謙忿忿地指著姬無也，「就只是跟這個人在一起？」

「你誤會了，我可以解釋……」我囁嚅道。

「爲什麼要跟他解釋？妳有做錯什麼嗎？」姬無也伸手將我拉向他的身後，目光冷靜地轉向林孟謙，「在問清楚眞相之前，你不該對她發脾氣。」

「姬無也！」我不需要姬無也替我說話，林孟謙正在氣頭上，他不管說什麼都是火上加油。

「很好啊，還會彼此照顧了嘛。」林孟謙冷笑，厭惡地看了我一眼，「擔心妳算我多事。」

他怒氣沖沖轉身走向停在巷口的車子，我忍不住想要追上前去，卻被姬無也拉住了。

「不要追過去。」姬無也淡淡說了一句。

「可是他……」

「妳眞的想要和他解釋嗎？」姬無也的表情是我沒見過的認眞。

我倏地語塞，一時說不出話來。

是啊，我並沒有做錯事，我確實是讓林孟謙擔心了，可我沒有必要像個罪人似的請求他的寬恕……

我究竟有多需要得到別人的原諒？

「相信我，沒事的。」姬無也輕聲說道，對著焦慮的我揚起淺笑，「妳今天已經夠累了，先去睡個好覺吧，有事明天再說。」

祝妳有個好夢。這是他這晚對我說的最後一句話。

姬無也拍了拍我的頭，目送我轉身上樓回家。

✦

我本以爲自己昨夜會失眠，卻意外地睡得很好。

一如我也沒有想到，經過昨夜的不歡而散，林孟謙竟然會主動過來找我。

他根本沒修這堂通識課，此刻他卻站在教室門口東張西望，一發現我站在走廊上，他立刻快步朝我走來。

「早。」林孟謙把手上的熱咖啡遞給我，「這是給妳的。」

我的記憶還停留在昨晚他不悅地拂袖而去，現在他這是怎麼回事？

我有些遲疑地開口：「……你怎麼會在這裡？」

「范好雨，妳幹麼那麼緊張？」見狀，林孟謙反而咧嘴笑了，「我想過了，昨天是我不對。我不該沒搞清楚狀況就對妳大小聲，我錯了，我反省，請妳原諒我，好嗎？」

「哪有什麼原諒不原諒？」林孟謙姿態放得這麼低，我很不好意思，況且，我昨天確實也有不對的地方。「抱歉，昨天讓你擔心了，我回了一趟家，手機沒電，不是故意不接你電話……總之，對不起。」

誤會之所以是誤會，便是沒有絕對的誰對誰錯。

我並不想要林孟謙和我道歉，只要能夠互相理解對方就好了。

「可是，妳怎麼這麼突然就回家了？」林孟謙見我接受道歉，他的心情好了起來，同時也想知道更多細節，「跟妳弟有關？」

關於昨天發生的一切，我還沒準備好跟任何人談論。

「嗯。」我應聲，故意找個理由走進教室，「要上課了，以後有機會再跟你說。」

「妳弟昨天應該也沒有去學校吧？」然而林孟謙並未消停，不僅跟著進了教室，坐到我的旁邊，嘴上更繼續叨念，「那些人說不定會去學校堵他，依我看，好雨，妳應該知會他的班導……」

「我不是說了之後再說嗎？」我的語氣帶上了不耐煩，「我拜託你，可不可以好好聽我說話？」

林孟謙愣住了，臉色跟著沉下。

「好，不談這個。」林孟謙抹了把臉，看向我的目光浮現銳利的質疑，「姬無也呢？妳為什麼會跟他在一起？」

眞要解釋的話，我可以簡單一語帶過，講得好像我和姬無也只是無意間碰到，什麼事都沒發生，林孟謙也一定會相信，可是，我並不想這樣。

那是我昨天僅存的一點美好，我不想破壞它。

於是我只能抿了抿乾燥的唇，「我也不想談這個。」

「都不想談？好吧，我不勉強妳。范好雨，妳的祕密還眞多。」林孟謙一下子笑了，那笑充滿了譏諷，他覺得受傷了，那別人也得和他一樣。

我懂，我不想反駁，更不會隨之起舞。

隔壁空位突然被人拉開坐下，姬無也的聲音幽幽地響起，「有祕密是好事啊。看來祕密使女人漂亮，果然是眞的。」

我傻了，怔怔地看著姬無也，不知他為何會出現在這裡。

「你來這裡幹麼？」林孟謙語氣不善。

姬無也看了看左右，「上課啊，不然呢？」

「你根本沒修這堂課。」林孟謙臉色一沉。

「那又如何，旁聽不犯法吧？」姬無也話說得輕鬆，一副你奈我何的模樣。

林孟謙氣得不想再看他一眼，轉頭滑起手機。

幾分鐘後，我便發現這絕對是我上過最坐立難安的一堂課。

姬無也三不五時就靠過來問我問題，或者講幾句無關緊要的話，林孟謙看在眼裡很不高興，他雖然嘴上沒說什麼，但雙手抓著手機拚命打字，渾身散發出不言而喻的怒氣。

「我可以跟妳一起看講義嗎？」姬無也又問我。

「喔，好啊。」

正當姬無也準備把椅子向我挪近時，林孟謙冷不防舉起手。

「老師，他們兩個一直講話，干擾到其他同學了。」

「啊？」臺上的老教授愣了愣，「這樣啊，麻煩這兩位同學不要在上課時交談。」

林孟謙不打算就此罷手，「那個男生沒有修這門課，不能請他出去嗎？」

「旁聽是學生的權利……」老教授一臉為難。

「不好意思，老師。」姬無也忽然站起身，「既然如此，我們就不打擾其他同學上課了。」

我們？他說的「我們」指的是……

姬無也低下頭，對著我笑了笑，「走吧。」

無視在場同學詫異的目光，我就這麼被姬無也拉出了教室。

✦

「學姊？」

姬無也一打開十八號室的門，坐在裡頭的元尚旭便驚訝地朝我看來。

「呃，嗨，尚旭。」我尷尬地向他打過招呼，隨即低聲質問姬無也，「你拉我來這裡幹麼？」

「客人還沒來吧？」姬無也完全不鳥我，只顧著和元尚旭說話。

元尚旭看了看時間，「再半小時。」

「收到。」姬無這時才扭頭看向我，「我先去準備一下，妳先跟著元元吧。」

「元元？不是，我跟著他幹麼？」

「待會見。」姬無也丟下我，大步繞進屏風後方，袍角飄揚。

……好喔，現在是怎麼回事？

我嘆了口氣，斜眼望向一旁的元尚旭，「元元？」

「學姊，拜託妳不要這樣叫我。」元尚旭萬年不變的面癱臉竟然微微一紅。

根據他的說法，安眠體驗一天最多只接三位客人，校外人士則另計。

「校外人士多半都是社長的常客，我也不清楚他一天究竟陪多少人睡覺，聽說他一天最多曾經睡了二十二個小時。唯一清醒的兩個小時，社長都在吃東西。」

「麻辣鍋？」

「學姊妳怎麼知道？」元尚旭有些訝異。

陪人睡了那麼久，姬無也一定冷死了，當然得吃麻辣鍋讓自己溫暖起來。

我繼續問：「除此之外，你們還會幫人解夢，對吧？」

元尙旭點點頭，「這個部分社長已經交給我了。」

「你也有嗎？我是說，那種能力。」我不知道該怎麼形容姬無也的異能。

「沒有，我沒有。」元尙旭否認。

「那你怎麼會想參加這個社團？」

當初元尙旭第一次參加家聚的時候，他和其他對大學生活感到新奇的新生不同，表現得像是對一切興致缺缺。在我的印象裡，元尙旭在系上也是獨來獨往，沒什麼親近的朋友。

這樣的元尙旭爲什麼會想參加夢ㄉ王國呢？

「學姊，其實我……我不會做夢。」元尙旭遲疑了片刻才把話說完。

「不會做夢？」

「或許是因爲我從小對這個世界就缺乏好奇心，所以連做夢的資格也一併失去了吧？」元尙旭語氣雖然平淡，卻藏不住隱隱的失落。

元尙旭說，他一直覺得人生在世很無聊，日復一日做著都是些差不多的事，他不懂爲什麼其他人可以熱情擁抱生活？因爲懷有夢想？還是因爲有愛著的人？

他不能理解，也找不到人生的意義。

直到大一下學期某日午後，元尙旭百無聊賴地躺在湖畔的草地上閉著眼睛休息，碰巧聽見旁邊一對男女的談話內容，一聽之下，竟勾起了他久違的好奇心。

「那個女生先是感謝社長陪她睡覺，又說要是沒有他，她簡直不知道該怎麼辦才好。我本來以為是她和社長是男女朋友，但又好像哪裡不對。」元尚旭說著也覺得好笑，「就像學姊曾經誤會的那樣，我當初也認為社長是在進行非法勾當。」

後來那個女生又詢問了姬無也很多關於夢境的事，姬無也仔細為她分析那些夢境可能代表的含義，最後姬無也請那個女生去看醫生，尋求專業的協助。

「社長告訴那個女生，往後她若是又感到痛苦，他隨時都可以陪她睡覺，可他不是特效藥，他沒辦法治好她的病，如果想要眞正安穩入睡，她必須先照顧好自己。」

那個女生離開之後，姬無也像是看穿元尚旭在假睡，竟坐到元尚旭身邊，主動跟他搭話。

「社長向來穿得很奇怪，思維也與一般人相差甚遠，一開始我眞的以為他這個人有問題。」元尚旭搖頭失笑，「他劈頭就問我是不是對什麼事都不感興趣，他甚至知道我不會做夢，他還說他可以教我怎麼做夢。」

我聽了很好奇，「那你現在會做夢了嗎？」

「不會。」

「什麼嘛，」我有點失望，「那他不是在騙你嗎？」

「可是他讓我覺得這個世界變有趣了一點。客人的煩惱在我眼裡也不再是無病呻吟，我漸漸可以明白大家為何悲傷、為何快樂。也許再過一陣子，我就可以學會做夢了吧？」元尚旭臉上浮現一絲淡淡的笑意。

此時敲門聲響起，元尚旭起身前去應門。

而我後知後覺地想到，萬年面癱的元尚旭剛剛竟然有了接近笑容的表情。

難道……這也是姬無也的能力？

「好雨？」

「萬萬？」我訝異地看著來人，對方竟是學生會的成員。

「妳怎麼會過來這裡？」萬萬難掩驚訝，「妳也是來睡覺的嗎？」

我還沒來得及回答，姬無也就從屏風後方走了出來，原本紮起的頭髮放了下來，搭配一身飄逸的長袍，頗有古裝男子的仙氣。

「她是來社團稽查的。」姬無也向萬萬點點頭，「萬淇雯同學，請進。」

萬萬表情驀地變得沉重，跟在姬無也的身後走向屏風後方。

元尚旭送了兩盞舒眠茶進去給他們，空氣裡瀰漫著上回聞過的安神甜香，一開始還能聽見幾句低微的交談聲，沒過多久，整個空間便安靜下來，再無其他聲響。

不知怎地，當我想像起萬萬和姬無也躺在同一張床上的畫面，我竟有點……不開心？

奇怪，姬無也跟誰睡覺，關我什麼事？

還有他剛剛說什麼？我是來稽查的？我最好是來稽查的！

「尚旭，你知道萬萬怎麼了嗎？」爲了轉移注意力，我低聲詢問一旁的元尚旭。

元尚旭搖搖頭，「除非客人自己透露，不然社長不會告訴我。」

也是。我點頭表示理解。

萬萬在學生會隸屬於公關組，最近公關組的主要工作是找商家談下一年度的合作優惠，目前進度還算順利，大概是她私人生活碰上問題吧？

十分鐘過去、十五分鐘過去……等了快要一個小時，姬無也和萬萬的安眠體驗還沒結束。

「有點久。」元尚旭看向牆上的時鐘。

「睡太久會怎麼樣嗎？」我什麼都不懂，只能發問。

元尚旭盯著不斷移動的秒針，「可能會出不來。」

出不來？出不來的意思是指？

屏風後方忽然傳出一陣淒厲的哭喊，元尚旭和我對看一眼，我沒多想便衝了過去，元尚旭追隨在後。

躺在床上的萬萬哭得撕心裂肺，像是要把所有的悲傷一次哭出來似的，她整張臉都是眼淚，喉嚨也都哭啞了，卻還是一直在哭；姬無也摟著萬萬，一隻手輕輕拍著她的背，面容是我從未見過的嚴肅。

「學姊，我們出去吧？」元尚旭低聲說道。

擔心萬萬冷靜之後會感到難堪，我也正有此意。

「好雨，妳留下來。」姬無也突然出聲，他先是看了我一眼，才轉而囑咐元尚旭，「後面的預約幫我改到明天，今天不再接待其他客人，通知完客人你就先離開。」

元尚旭走後，萬萬過了好一會兒才止住哭泣，她看起來彷彿從地獄走過一遭，神容憔悴，雙眼無神。

我手足無措站在床邊，擔憂地看著她。

「好雨……」萬萬小聲喊了我的名字。

「我在。」我連忙走到她身畔。

萬萬呼吸急促，整個人都在顫抖，她抬起那雙紅腫的眼睛望著我，眼神充滿悲戚。

「如果我說，我被人強暴了，妳會相信我嗎？」

✦

那天離開十八號室後，我立刻幫萬萬在學生會請了病假。

公關組組長很不滿，認爲萬萬就算要請假，也該自己跟她提，爲什麼要由我代爲出面？她不只一次問我：萬萬究竟怎麼了？

「萬萬需要休息。」而我也不只一次這麼回答對方。

沒錯，萬萬是眞的需要休息，她已經將近半年沒有睡過好覺了。

最近她不時在姬無也的陪伴下小睡片刻，每一次都是哭著醒來，雖然情況沒有像第一次那麼慘烈，但看著還是很爲她感到心痛。

事情發生在去年，那時萬萬剛和男友分手。

萬萬個性活潑，長得又漂亮，得知她恢復單身，許多男生紛紛向她示好，不過萬萬並不急於展開下一段戀情，她想要有一段時間跟自己相處。

邱天霖是萬萬前男友的朋友，以前和萬萬碰過幾次面。邱天霖的表現和其他想追求萬萬的男生很不一樣，他不曾在通訊軟體上主動聯繫萬萬，更不曾對萬萬表示過情意。

某天，邱天霖說他有兩張冷門的藝術電影票，他的朋友都沒興趣，於是問萬萬想不想一起去？萬萬認爲邱天霖應該只是把她當作一個普通朋友，加上她確實也想看那部電影，於是便答應了。

兩人先去吃飯，再去看電影，整段過程都很正常，甚至可以說十分開心，也因爲這樣，當邱天霖開口問她要不要去酒吧，平常喜歡小酌一番的萬萬沒有拒絕。

沒想到，萬萬在酒吧的記憶只停留在她喝下了第一杯酒。

隔天醒來，萬萬發現自己未著寸縷與邱天霖躺在同一張床上，她幾近崩潰地叫醒他，問他昨晚發生了什麼事？

「他說是我先誘惑他的，我們是兩情相悅⋯⋯」萬萬邊說邊哭，說得斷斷續續，「可是，我沒有印象，我根本就不喜歡他，我⋯⋯我不可能會做出這種事啊⋯⋯」

可除了萬萬自己，其他人都認爲她就是會做出這種事的人。

他們都認爲萬萬本來就喜歡喝酒，又跟邱天霖單獨前往酒吧，這一定只是一次酒醉之後的意亂情迷，無論萬萬如何辯解都無果，沒有人肯相信她。

邱天霖把這件事告訴了他們的共同朋友，包括萬萬的前男友。萬萬的前男友傳訊息罵萬萬是婊子，那些萬萬曾經以爲是朋友的人們都對她冷嘲熱諷，沒有人相信她是被下了藥，她是落入陷阱的受害者。

從那時候開始，萬萬就睡不好了。

「這個世界未免也太不公平了！」又一次送走哭著醒來的萬萬後，我半是心疼、半是氣憤地對姬無也說：「難道我們眞的要放任那個人渣逍遙法外嗎？」

「我們？」姬無也綁頭髮綁到一半，似笑非笑地看向我，「是指我跟妳嗎？」

「對啊，我們……」我一頓，耳朵熱了起來。

「萬萬自己不提告，我們又有什麼辦法？」姬無也彎身整理床鋪。「萬萬並非全無勝算，事發後她曾經透過通訊軟體質問邱天霖，邱天霖不小心在對話中承認當時萬萬失去意識，在法律上這段對話可以作爲間接證據。」

「那她爲什麼不提告？」

「先別說性侵案的調查有多冗長折磨。」姬無也一邊說，一邊示意我走到屏風外面，「最主要的原因是她不相信自己。」

我愣了一下，懂了姬無也的意思。

面對眾人眾口鑠金的質疑，久而久之，萬萬自己都無法相信自己了。

「走吧。」姬無也輕拍了下我的肩膀。

「去哪？」我一時反應不及，只能任他推著走出十八號室，「我要去打工耶。」

只見姬無也點了點頭，「嗯，我跟妳一起去。」

他去吃飯，我去打工，有夠理所當然。

到了燒肉店把姬無也安置好以後，我換上制服和圍裙準備上工。平日晚上的生意雖然比不上假日，但仍有不少客人衝著平日啤酒喝到飽的優惠前來光顧。

「再一份牛肩肉和梅花豬。」姬無也不喝酒，肉倒是吃得很多。

我標記在單子上，「稍等一下，馬上來。」

姬無也噙著微笑和我揮揮手，吸引店外一群正好經過的女生停下腳步，不約而同看向了他。

他一個人坐在靠窗的位子，明明一下子吃肉，一下子喝著熱燙的雞湯，拜那身裝扮所賜，硬生生把自己演成了不得志的古人，望上去頗有月下獨酌的淒涼美感——早知道就把他塞到最角落的座位，讓他體驗什麼叫流放邊疆。

「小姐，請給我們三份牛五花、兩份雞腿排，再續兩杯啤酒。」這桌客人就坐在姬無也隔壁桌，是兩個年輕男生。

「好的，請稍等一下。」我迅速記下。

沒等我離開，那兩個男生又繼續聊了起來。

「現在女生都很假掰啊！」其中一個穿著格子襯衫的男生喝了口啤酒，語帶譏諷，「那些說想要自己一個人的，私下還不是上網約炮？」

「漚梨仔假蘋果啦。」另一個戴眼鏡的男生跟著附和，「被人玩夠了才讓一些白痴資源回收。」

想到萬萬身上發生過的事，再聽見這種聊天內容，一把火倏地竄上我的心頭。

我待會一定故意漏掉他們的單子不送！那桌客人的話題一直圍繞在女生身上，也許是喝多了酒，用詞越加不堪入耳，好幾次我都請其他男同事去替他們服務。

姬無也發現了我的不對勁，他趁我送甜點過去時問：「妳還好嗎？」

「沒事。」我勉強擠出笑，「只是有點累。」

好不容易那兩個年輕男生終於起身去櫃臺結帳，我暗自鬆了口氣，總算不必再聽他們大放厥詞，明明心裡怒火中燒，卻不能衝過去反駁。身為旁觀者的我，聽到這種話都這麼難受了，更何況萬萬面臨的是來自朋友的指責。

我走進化妝室洗把臉，想緩和一下情緒。

沒想到，當我步出化妝室後，卻發現店裡的人幾乎全擠到了店門口，有人高舉著手機錄影，還有人大聲勸架，這是怎麼回事？姬無也人呢？

我環顧店內，沒看到姬無也。

一股不好的預感浮上心頭，我趕緊撥開擠在店門口的人群走出去，只見姬無也揪著一名年輕男人的衣領，處在騷動的中心。

「姬無也！」我著急大喊。

聽見我的呼喊，姬無也回過身衝著我一笑。

「好雨，跟妳介紹一下，這位就是邱天霖。」

原來剛剛那名坐在姬無也隔壁桌、穿著格子襯衫的年輕男客就是邱天霖！

姬無也猛地舉拳朝邱天霖臉上揮落，邱天霖登時鼻血四濺，發出痛苦的哀鳴。

「夢裡解決不了的，就在現實中解決。」

月光之下，姬無也的長袍被夜風吹起，嘴角勾勒出危險的弧度。

後來我才知道姬無也早就認出了邱天霖，他在萬萬的夢境裡見過邱天霖的樣貌。

認出邱天霖後，姬無也不動聲色，花了一段時間偷聽邱天霖與友人的聊天內容，想知道他是一個什麼樣的人，並同時悄悄開啓了手機的錄音功能。

邱天霖和他朋友不只在言談之間貶低女性，邱天霖甚至大方承認，自己會約女生出來，利用藥物迷昏她們，宣稱女生在酒醉之後意亂情迷，雙方合意性交，其實根本就是強暴。

邱天霖和友人一離開店裡，姬無也隨後跟上，之後發生的事，就是我看到的那樣了。

萬萬得知自己確實是被下藥，而非主動誘惑邱天霖後，大哭了一場。

她終於能夠相信自己仍是自己所認識的那個人。

由於受害者不僅自己一人，萬萬打算把姬無也手中的錄音檔和自己的被害過程，全部公開在網路上，號召其他被害者出面指控邱天霖或是他的朋友，她不希望有人和過去的她一樣，獨自承受來自全世界的懷疑與責怪。

和萬萬討論完後續的做法後，姬無也和我與萬萬道別，相偕走出咖啡廳。

「妳跟萬淇雯很熟嗎？」姬無也忽然問。

「還好。怎麼了嗎？」

老實說，我和萬萬算是點頭之交，只在學生會共事，私下完全不會聯絡。

「妳答應幫她處理那麼多事，妳確定忙得過來？」

「不然你要她一個人怎麼辦？」萬萬此刻非常需要旁人伸出援手，我不可能棄她於不顧，「總是會有辦法的。」

聞言，姬無也安靜了一會兒，隨後輕聲笑了。

「范好雨，妳真的很善良呢。」

心跳驀地漏了一拍，我的耳根熱了起來，同時卻也覺得心虛。

「……別再說我善良了。」我急急邁開步伐。

姬無也跟了上來，「爲什麼不能說妳善良？」

因爲我一點都不善良！

因爲我跟你想得不一樣！因爲我其實是殺人犯——

「倒是你，你到底在想什麼？」我陡然停下腳步，指著姬無也貼著OK繃的手背，「錄到證據就可以了，幹麼非得過去揍他？還搞得自己受傷。」

「沒關係，反正我想揍他很久了。」

「什麼意思？你們有過恩怨？」

「我不是說了嗎？」姬無也瞇起眼，一手掄起拳頭，「夢裡解決不了的，就在現實中解決。」

姬無也解釋，他從未干預萬萬的夢境，只是一次次旁觀邱天霖在萬萬的夢裡對她施加傷害，而每一次萬萬都無法逃離邱天霖的魔掌，最後只能在絕望與痛苦中哭著醒來。所以姬無也早就想替萬萬狠狠教訓邱天霖一頓了。

我問姬無也爲何不干預萬萬的夢境，就像他先前對K-FUN做過的那樣，姬無也卻說這是萬萬自己該面對的難關。

「要怎麼決定是否干預夢境？」我很好奇。

「嗯……」姬無也沉吟幾秒，隨即燦爛笑開，「由我的心來判斷吧？」

我賞了他一記白眼。

姬無也以爲自己瞞過我了，他不曉得萬萬和我說了一件事。

萬萬告訴我，第一次進行安眠體驗那天，她做了有史以來最可怕的一場惡夢。

夢裡她被困在伸手不見五指的黑暗裡，拿著刀的邱天霖追捕在後，她知道自己一旦被他逮到，只有死路一條，然而她的兩條腿卻已經跑不動了，她漸漸想要放棄……就在這時，前方忽然出現一束光，有股拉力抓著她拚命往那束光奔跑——從那場夢境醒來之後，萬萬忍不住放聲大哭。

那是她在事發後第一次眞正地哭出來。

我想，那股拉力就是姬無也。

姬無也干預了萬萬的夢，是他帶著她逃出惡夢。

我側頭看向走在我旁邊的姬無也，他嘴角噙著淡淡的微笑，好像什麼事都難不倒他，讓人感到一股莫名的安心。

停在路口等待行人號誌燈轉綠時，我冷不防瞥見朱采蓁站在對街的人行道上，她正瞪著我看，即使隔著一段距離，我仍然可以感覺到她眼中的恨意。

行人號誌燈轉綠，朱采蓁大步走過馬路。

「采蓁……」我主動向她打招呼，她卻看也不看我，逕自前行。

我愣住了，下意識轉頭看向姬無也，姬無也歪了歪頭，示意我要是想追就追過去，不用介意他沒關係。

於是我和姬無也說了聲抱歉，轉身追上朱采蓁。

「采蓁！」

她仍然不理會我，彷彿我不存在。

「朱采蓁！」我拉住她。

朱采蓁大力甩開我的手，忿忿地看著我說：「沒想到學姊是這樣的人！」

「我？我做了什麼嗎？」我是眞的不明白自己做了什麼讓朱采蓁這麼生氣。

「妳怎麼可以這樣對孟謙學長！」

我遲來地懂了朱采蓁對我的指責，但我不曉得該如何解釋……或者說，我應該要解釋嗎？以及我是要跟誰解釋？跟她？還是跟林孟謙？

「孟謙學長是怎麼對待妳的？妳又是怎麼對待他的？他這幾天很難過，吃不下也睡不好，一直傳訊息問我該怎麼辦，他那麼喜歡妳、對妳那麼好，結果呢？妳居然和那個滿嘴胡言亂語的大騙子在一起！學姊，妳捫心自問，妳這麼做對得起孟謙學長嗎？」朱采蓁為林孟謙抱不平。

我到底是怎麼對不起林孟謙了？他對我好，我就得感激涕零地全盤接受嗎？有人問過我那些他對我的好，是不是我要的嗎？

「我沒有和姬無也在一起。」我語氣平靜無波。

朱采蓁冷嗤一聲，「是嗎？說不定也快了吧？」

「我也從來沒有說過我喜歡林孟謙。」

我一直很謝謝林孟謙做為一個好朋友陪在我身邊，不論是一起念書，還是一起玩樂，和他共度的時光總是很開心。

可是，這樣的心情並不是喜歡。

面對林孟謙的告白，我承認我猶豫過，但我終究沒辦法和他更進一步。

林孟謙和我只能是朋友，我不是那個適合他的人。

「孟謙學長對妳那麼好，妳怎麼可以這麼說？」朱采蓁咄咄逼人。

「他對我好，我就要跟他在一起？」我反問，刻意把話說得很絕，「這算是報恩？還是同情？」

不管是哪個，總歸不是愛情。

朱采蓁沉默了，但她臉上的憤恨並沒有消失。

「好，既然妳說妳不喜歡孟謙學長……」半晌，朱采蓁再次開口，語氣強橫，「那妳發誓，妳再也不會給孟謙學長無謂的希望！」

「妳的意思是要我跟林孟謙絕交？」

「如果妳不喜歡他，那妳就離他遠一點！」朱采蓁話裡隱約帶上了哭音，像是有著無限委屈。

「朱采蓁，妳憑什麼和我說這些？」我不明白她的委屈從何而來，老實說，我也不感興趣。

「因為我——」朱采蓁突然打住話，慌亂地別過頭，「反、反正我話說到這裡，妳自己好好想想，我先走了。」

朱采蓁離開後，恰巧林孟謙傳了訊息過來。

「可以談談嗎？」

我看著訊息沉思了一會兒，最後將手機放回口袋，已讀不回。

✦

為期一個月的期中考地獄緊接而來，為了準備考試和期中報告，我每日忙得焦頭爛額，與此同時，我為了生計，燒肉店的晚班兼職也從未落下。

燒肉店的工作結束後，我坐在返回租屋處的公車上，感覺自己眼睛閉上就能馬上睡著。

其實趁這時候睡一下也好，畢竟回去之後還要念書、寫報告，想到這裡，我便放任自己睡了過去……

直到公車突然急煞，我才猛然驚醒，發現自己的頭倚靠在隔壁乘客的肩膀上。

「不好意思……」我連忙道歉，卻在看清對方的面容後瞪大了眼睛，「姬無也？你怎麼會在這裡？」

「妳可以多睡一下。」姬無也回得牛頭不對馬嘴。

「你該不會是跟蹤我吧？」我們的對話根本不在同個頻道。

姬無也大概也注意到了，他噗哧一笑。

「有個客人剛好住在這輛公車行駛的路線上。」他簡單解釋，笑眼彎彎，「我也沒想到一上車就看見妳睡得東倒西歪。」

東倒西歪？是在說我睡相很差嗎？

我不動聲色地抹了抹嘴，該不會連口水都流出來了吧？

「我的意思是很可愛。」姬無也說一次不夠，還要說第二次，「妳睡著的樣子很可愛。」

……我發誓，我再也不會在公車上睡覺了。

末班車的乘客不多，後半段車廂裡只有我和姬無也兩人。我們天南地北聊了起來，聊學校、聊期中考，之後沿途車窗外出現什麼店家就聊什麼，像是宵夜喜歡吃鹹酥雞還是豆漿蛋餅，連旅行社的廣告看板都能成爲話題。

「合歡山觀星一日遊，好像滿有趣的。」我腦中想像起滿天星斗的絕美景象，「不曉得能不能看見流星？」

透過車窗的倒影，我能看見姬無也正在注視著我。

「妳喜歡看流星？」他問。

我聳了聳肩，「有人不喜歡嗎？」

「小時候的我就滿不喜歡的。」姬無也給了我一個出乎意料的答覆。

我很驚訝，「爲什麼？」

「因爲很無聊啊。」他說得一副理所當然的樣子，「等了老半天也沒看到幾顆，一直抬頭脖子痠死了，半夜山上又很冷，後來我學聰明了，躺在睡袋裡面看，結果一下子就睡著了，直接在夢裡看。」

說起這段童年回憶時，姬無也儘管嘴上抱怨，臉上卻始終帶著笑意，害得我根本搞不清楚他是眞的不喜歡看流星，還是口嫌體正直。

「這麼聽起來，你看過很多次流星？」

「我奶奶家在山上。」姬無也頓了下才又補上一句，「我爺爺最喜歡看流星了。」

我正想說話，姬無也突然和我比了一個等一下的手勢。

公車靠站停下，姬無也起身大步往敞開的車門走去，搶先爲一名準備上車的老伯伯拾起放在地上的兩大袋重物。

姬無也一手拎著重物，另一手扶著老伯伯入座，老伯伯不斷向他道謝，還從袋子裡取出一條曼陀珠塞給他，姬無也沒推辭，滿臉笑容地收下。

他回到我身邊坐下的時候，開心地和我炫耀。

「喏，給妳一顆。」姬無也拆開包裝，把第一顆糖果分給我。

我接過糖果，隱約猜到了什麼，「你對老人家眞好。」

「只是舉手之勞。」他丟了顆糖到嘴裡。

「因爲你爺爺的關係？」我問。

聞言，姬無也扭過頭盯著我看，「范好雨，妳其實也有超能力吧？」

「你爺爺他……」

「他在幾年前過世了。」大概是不想讓我感到沉重，姬無也揚起微笑說道，「妳也知道，我不是什麼樂於助人的性格，但幫助老人……怎麼說呢？會讓我心情好一點。」

我小心翼翼地覷著他，「你和你爺爺感情一定很好吧？」

「我跟奶奶的感情也很好啊。」姬無也伸了個懶腰，狀似不經意地說：「下次帶妳去山上找我奶奶，她一定會很喜歡妳。」

「我？」我傻眼了，爲什麼姬無也要帶我去見他奶奶啊？還有，他怎麼能肯定他奶奶會喜歡我啊？

他肯定地點點頭，「嗯，妳。」

「欸，你可能誤會了什麼，我向來不是那種長輩會喜歡的類型……」

「不如就約期中考之後如何？我也很久沒回去了。」

「姬無也，你有沒有在聽我說話啊？」此時我拿在手上的手機輕輕一震，我低頭看了一眼，原來是房東傳訊息過來，「……啊。」

「怎麼了？」

「我家停電了。」我無奈地說。

這個消息對我來說無異於晴天霹靂，有份報告一定得在今天晚上完成，而且還得複習明天要考的兩門科目……

「妳還要準備考試對吧？打算怎麼辦？」姬無也讀懂了我臉上的憂心。

「我回去把筆電和講義帶出來，去附近找間速食店待著吧。」這是我能想到最簡單的解決方法。

「不行，太危險了。」姬無也立刻否決。

「沒事啦，我會注意安全。」

「拜託，范好雨，妳就別和我爭了。」姬無也一掌按在我的頭上，語氣堅定，「待會我陪妳回租屋處，妳把電腦和講義帶下來，我帶妳去其他地方。」

耳根驀地有些發熱，我不自在地掙脫他的手掌，「你要帶我去哪？」

「去了就知道。」姬無也勾了勾唇角。

大半夜的，還能去哪裡呢？

半小時後，我們又來到了熟悉的社團大樓十八號室。

整棟社團大樓有好幾間教室都亮著燈，看來不只我們選中這裡熬夜聚會。

姬無也整理出一個方便使用筆電的位子給我，自己則坐在一旁拿起一本書翻看。

當我正準備開始打報告時，才後知後覺想起一件事。

「你……」

姬無也頭也不抬，「嗯？」

「你不回家嗎？」我問。

「然後把妳一個人留在這裡？」姬無也笑了，「沒有喔，我沒有要回家。」

「不然我去學生會……」我說著就要站起來。

「學生會在行政大樓，晚上不開放。」他輕描淡寫地打了回票。

我居然忘了這件事。奇怪，到底誰才是學生會長？

不過，讓姬無也留在這裡陪我，總覺得對他很不好意思。

「我在學校不會有事的，社棟也有其他人在，你還是回家睡覺吧。」

「范好雨，妳是嫌我平常睡得不夠多嗎？」他淡淡地說。

咦？說、說得也是。

見我說不出話，姬無也笑了。

「妳不需要擔心我，我自己會看著辦。別忘了，要是我想休息，屏風後面還有張床呢。」

我又一次被他堵得啞口無言，這裡可是他的地盤，我一個外人卻一直想把主人趕走，好像也很沒道理。

接下來整個十八號室只剩下筆電的鍵盤打字聲。

寫報告對我來說不是難事，只是需要些時間，將先前搜集好的資料融會貫通，再加入自己的觀點，最快也要兩、三個小時才能完成。寫著寫著，我已經數不清自己打了幾個呵欠。

不曉得過了多久，姬無也默默在我手邊的桌上放下一個杯子。

「謝謝。」我慢了半拍才聞到撲鼻的咖啡香，難掩驚訝地抬頭朝他看去。

姬無也心領神會地挑了挑眉，「慢慢喝，這可是難得會在這裡出現的稀世珍品。」

夢ㄉ王國才沒有這種不讓人睡覺的東西。

聽懂他的話中有話，我噗哧笑了出來。

外頭不知何時下起了雨，姬無也走過去把窗戶關上，只留下一道縫隙讓空氣流通。

我啜飲著燙口的熱咖啡，身體變暖了，精神也好多了。

「好雨。」姬無也突然叫我。

「嗯？怎麼了？」

「妳不想找回失去的記憶嗎？」姬無也語氣雖然溫和，神情卻帶著少見的嚴肅。

面對這樣的他，我無法裝傻或打哈哈帶過，於是只能沉默。

我不是逃避回答，而是連我自己都不認為自己的回答算得上是個答案。

「……我不知道。」我低聲說。

「妳會害怕？」

害怕什麼？

害怕警車的光束、害怕女人的尖叫、害怕看見那個我該稱他爸爸的男人瞪大了眼，手掌摀著頸間，試圖阻止血液汩汩流出？

「竟然拿刀殺了她爸爸，生眼睛沒看過心肝這麼狠的囡仔！」

「妹妹，妳爲什麼要這麼做？」

「創傷症候群……」

「惡魔！」

我在夢中反覆看到的那些畫面並不僅發生在夢裡，那些很有可能都是眞實發生過的事，起碼阿嬷是這麼告訴我的……儘管我什麼都不記得，卻也從別人的口中得知了一切。

「也許眞相和妳以爲的不一樣。」姬無也說。

「能有什麼不一樣？」我反問，不自覺有些激動，「如果我發現眞相比我想像得更糟、如果我發現自己是個很可怕的人，那我要怎麼看待自己？」

「已經發生的過去不會改變現在的妳。」

就算，我殺過人？

我抿緊唇，對著姬無也搖了搖頭，「……你不懂。」

如果找回失去的記憶能讓爸爸活過來，能讓黃品豪不恨我，能讓媽媽留在我身邊，那我不管怎樣都會努力去做。

但爸爸已經死了，被我殺死了，就算我找回失去的記憶又如何？爸爸不可能就此復活，黃品豪不可能不恨我，媽媽也不可能回來。

既然如此，我爲什麼要想起來？想起我是如何殺掉爸爸有什麼好處？

窗外的雨勢倏地變大，淅瀝瀝的雨聲塡滿了我和姬無也之間的沉默。

杯裡的咖啡冷了，我捧著杯子，已無法再汲取到一絲溫暖。

「杯子給我，我倒一杯新的給妳。」姬無也開口。

我還是沒說話，默默看著他修長的手指勾上咖啡杯的把手。也不知道爲什麼，我突然伸出了手，想要拿過那個杯子，卻不小心將杯子摔在地上。

看著地上的杯子碎片和打翻的咖啡，我一時嚇傻了。

「沒事，我來處理就好。」姬無也冷靜的嗓音傳進我的耳中，他轉身就要去拿清潔工具，長袍衣角揚起。

我像是著了魔，伸手抓住那片衣角，「你生氣了嗎？」

「我？」姬無也愣了一下，「我爲什麼要生氣？」

「因爲我莫名其妙跟你搶杯子，因爲我打破杯子。」我蹙緊了眉，「因爲我不跟你說我的過去發生了什麼事。」

前面兩項確實是我的錯，最後一項卻不是，我的過去沒有必要一定得告訴姬無也，他沒有理由爲此生我的氣，我很清楚這一點，我只是……

不希望他生我的氣。

「我沒生氣喔。」

騙人。

我緊緊揪著姬無也的袍角，不敢去看他的表情，害怕看見他對我的失望與厭煩，如果我說出眞相，他能接受嗎？他會不會從此以異樣的眼光看我？他會不會開始與我保持距離？他會嗎？

各種負面的想法不斷在我心中膨脹成可怖的怪物，讓我不敢對他坦白。

「范好雨。」姬無也在我的跟前蹲下，「看我。」

我花了好一段時間才鼓起勇氣，抬頭迎上他的視線。

「就算全世界的人都不相信妳，還有我。」姬無也看著我的眼神很堅定，也很直接，「我會站在妳這邊。」

不可能！你根本不曉得我做過什麼。

我傷心地看著他，一聲不吭。

「我們打勾勾，我保證我說的話一定算數。」姬無也伸出了右手的小姆指，語氣像是在哄小孩。

換作平時的我，一定會對姬無也這樣幼稚的舉動大翻白眼，可此刻的我的確就是個孩子，那個被恐懼支配的、十歲的范好雨——

或者該說，十歲的黃品筠。

「好嗎？」姬無也耐心等著我的答案。

我可以相信這個人嗎？

即使連我都不相信我自己了，我也可以相信他嗎？

不知過了多久，我怯怯地伸出了小指，輕輕勾住了等待已久的他。

那時，姬無也臉上綻放的笑容，是我從未見過的溫暖與燦爛，彷彿一道陽光照亮了我心中最陰暗的地方，那個只有我一個人躲著的角落。

「……好。」最後，我終於說了出口。

✦

「好雨，我聽說了喔。」萬萬進學生會的第一件事，就是跑來我身邊八卦，「聽說妳和姬無也單獨在社團教室待了一整個晚上？」

「什麼什麼？我也要聽！」耳朵很尖的小鴿也貼了過來，識相地壓低了聲音，「妳們是不是在講小周公的事？」

萬萬很驚訝，「妳也聽說了？」

「當然！萬萬，我跟妳說啊……」

「等一下。」我哭笑不得地打斷她們的對話，「妳們到底是聽誰說的啊？」

「誰說的不重要，重要的是這消息究竟是真是假？」萬萬瞇起眼睛，豎起食指指著我的鼻子，「別說我放馬後砲，我早就看出來妳和姬無也之間……嘖嘖嘖，不尋常。」

「最好是。」我翻了一個大白眼。

「所以到底是不是真的啊？」小鴿迫不及待地追問。

先是看了看小鴿，再看了看萬萬，她倆臉上寫滿了殷切的期盼，我忍不住笑了出來，「才不告訴妳們呢。」

「喂，范好雨！」

「會長，妳怎麼這樣！」

沒錯，我和姬無也的確在社團教室待了一整個晚上；沒錯，我和姬無也早上一起去學生餐廳吃早餐；沒錯，我和姬無也之間好像有一點點不尋常。

也不知道從什麼時候起，姬無也開始頻繁出現在我的生活裡。

他對我的課表一清二楚，碰上有早八的課，他會打電話叫我起床，並與我在電話裡閒聊幾句；我空閒的時候，他會約我一起吃午餐，我沒空外出用餐時，他會派元尚旭送飯過來給我；晚上他也會來燒肉店接我下班，偶爾坐公車，偶爾搭他的便車。

嗯，我們之間不尋常的程度好像不只有一點點。

「別管我的事了。」我笑著看向萬萬，「倒是妳，心情還好嗎？有沒有需要幫忙的地方？」

期中考一過，萬萬便把自己與邱天霖的事公開在網路上，立即引起了非常大的迴響，再加上萬萬本來就是小有名氣的網路紅人，文章轉發數高得驚人，底下的留言也不斷增加。

「我沒事。」萬萬仍保持著微笑，「我不會騙妳說我一點都不害怕，但看到那麼多人爲我加油打氣，現在的我，眞的好了很多。」

「萬萬……」小鴿很心疼她，過去給了她一個大擁抱。

萬萬說她已經收到了幾名女生的私訊，這幾天會找時間和同爲受害者的她們碰面，共同討論提告事宜。

「啊，對了，昨晚還有記者聯繫我，問我願不願意接受訪問。」萬萬詢問我的意見，「好雨，妳覺得呢？做到這個程度會不會太過張揚，反而讓人有不好的觀感？」

「怎麼會呢？」我一口否定萬萬的擔憂，「眞相不說不明，越是黑暗的，越要攤在陽光底下。太多受害者因爲羞恥或恐懼而不敢發聲，使得加害者未能受到應有的懲罰，如果妳願意，也做好了足夠的心理準備，與媒體合作不失爲一個方法。」

然而透過新聞媒體擴散出去以後，得到的回應就不一定全都是正面的支持了，到時候萬萬得承受的壓力可能更巨大。

萬萬認眞思索半晌，毅然做下決定：「我要接受訪問。雖然後果無法預料，但不管發生什麼事，我還有妳們啊，沒有什麼比一個人獨自哭泣還要可怕的了。」

「誰敢欺負妳，我第一個衝過去蓋他布袋！」小鴿掄起拳頭，作勢揍人。

「喲，只敢蓋人布袋，正面對決敢不敢？」萬萬涼涼瞟了她一眼。

小鴿放下拳頭，委屈巴巴地眨眼，「公主殿下，人家、人家只是一介弱女子。」

「我看是弱雞吧，不對，是弱鴿、小肉鴿！」萬萬揶揄她。

「欸！我隨便說說而已，妳眞把自己當公主啊，妳這個公主病患者！」

「小肉鴿！肥肥鴿！」

「公主病！女神經！」

不過短短幾秒鐘，她們之間的對話從溫馨感人變成潑婦對罵，笑得我眼淚都快飆出來了。

是啊，只要有一個人願意站在自己這邊，都會成爲自己最堅強的後盾。

「姬無也？你怎麼會過來這裡？」萬萬忽然驚訝地看向門外。

我連忙跟著扭頭望去，與站在門口的姬無也四目相對。

「嗨，在忙啊？」他噙著淡笑，人依然站在門邊，似乎沒有進來的意思。

「忙什麼忙，不忙！」萬萬連忙道。

姬無也笑了笑，「我看到妳的文章了，這幾天睡得還好吧？」

「還可以。」萬萬答道，同時眼神朝我瞟了過來，一副意有所指的樣子，「就算睡不好，我也不好意思再去找你，我怕有人會不開心。」

「哦？有人會不開心？」姬無也跟著看向我，「我怎麼不知道？」

「就是啊，到底是誰會不開心呢？」萬萬笑嘻嘻地看著我說。

我沒多想便急著否認：「不是我！」

「又沒人說是妳。」萬萬笑得更曖昧了，狡黠地眨了眨眼。

「所以，妳不介意？」姬無也插話。

「蛤？我要介、介意什麼？」

「不介意我跟別人睡覺？」他用那雙琥珀色的眼眸盯著我看。

「你、你愛跟誰睡、就跟誰睡，關我什麼事……」我不但說得結結巴巴，還越說聲音越小。

「嘴硬。」一旁的萬萬吐槽。

「我哪有！」我急得差點跳起來。

「萬萬，可以把好雨借給我嗎？」姬無也轉頭問萬萬。

萬萬一派瀟灑地擺擺手，「送你、送你，不用還了。」

「謝啦。」姬無也終於走進學生會辦公室，站定在我的身前，「走吧。」

走？又要走去哪裡？

姬無也領著我走在校園裡，引得不少路人朝我們看了過來，包括朱采蓁。

朱采蓁站在不遠處瞪著我，不悅全寫在臉上。

但那又怎樣？我不在乎。

姬無也今天開車來學校，坐上車後，他沒有跟我說要去哪，我也沒問。

二十分鐘後，他把車子開上了一條蜿蜒的山路，儘管沒有路牌，他依然熟門熟路地在數條岔路中輕易做出了選擇。

最後，姬無也把車子停在一幢華麗的洋房別墅前。

「這是哪裡？」我問。

「我奶奶家。」

聞言，我不敢置信地扭頭瞪向駕駛座上的姬無也，咬牙切齒地說：「我要回家。」

姬無也揚起嘴角，「不好意思，來不及了。」

無奈下車之後，我注意到別墅右側有一大片種滿各式蔬菜的農田。

「我還想說是誰呢？這不是我家仔仔嗎？」一名衣著樸素的老婦人從田裡走出來，懷裡還抱著一顆高麗菜，「哎呀，還帶了女朋友回來！」

「那個，我不是……」

「奶奶，我們先進去吧。」不等我解釋完，姬無也一個箭步上前，接過姬奶奶懷中的高麗菜，並回頭招呼我，「好雨，走吧。」

我想，總有一天我會被他帶去賣掉。

默默嘆了口氣，我跟在他們祖孫後頭，走進了那幢別墅。

不同於建築外觀的洋式，別墅裡的陳設多爲古色古香的中式家具，讓人彷彿來到了明清時期的世家大宅。十八號室的那張雙人床，以及那幾面大屏風，該不會是姬無也從他奶奶家搬過去的吧？

「好雨，來來來，多吃點水果。」

「謝謝奶奶。」我順從地叉起一塊蘋果。

我擅長當個乖孩子，卻不擅長與長輩相處，往往都是他們說什麼，我便乖乖照做，不求討人喜歡，只求不被討厭就好。

可是……坐在一旁的姬奶奶猛盯著我看，我嘴裡的蘋果都不知道該不該吞下去了。

「奶奶，妳想害好雨消化不良？」

「啊？」姬奶奶愣了下，「我哪有啊？」

「不然妳幹麼一直盯著人家？」

「我就是看人家好雨長得好，奶奶很久沒見到這麼好看、這麼乖巧的小姑娘了，才會忍不住一直看嘛。」姬奶奶說著，瞪了姬無也一眼，「哪像你，幾百年都不回來看奶奶，老是說自己很忙，眞的忙到連回家陪奶奶吃頓飯的時間都沒有嗎？」

「我現在不就回來陪您老人家吃飯了嗎？」

「哼，你下次回來又不曉得是什麼時候了！」姬奶奶忍不住抱怨，「好雨，妳評評理，這小子是不是很不應該？把我一個人丟在山上孤苦無依……」

「的確是……不怎麼好。」我偷覷了眼姬無也，不好不順著姬奶奶的話說。

「好雨，妳不要聽我奶奶亂講。我爸媽只是出國玩兩個星期，她平常才不是一個人住。」姬無也難得露出有些窘迫的神情，無奈地搖頭。

「那又怎樣？你沒回來陪奶奶是事實！」姬奶奶不肯輕易放過他。

「算了，我不跟妳爭了，我去樓上看爺爺。」姬無也兩手舉高，直接投降，起身走上樓梯。

姬奶奶也不惱，只衝著他的背影問道：「仔仔，你剛剛說了會留下來陪奶奶吃晚餐，對吧？」

「我不知道，妳問好雨。」

我？爲什麼要問我？

我還沒想明白這是什麼邏輯，就見姬奶奶眨著閃亮亮的眼睛，正等著我的答覆。

「……當然，我們會留下來陪您吃晚餐。」

不用等到哪一天，我現在就已經被姬無也賣掉了！

Chapter 6

身爲晚輩，我怎敢讓姬奶奶一個人在廚房忙碌？

但就算我跟進去待在廚房，姬奶奶不論是備料還是烹煮的速度都很快，不會做菜的我在旁邊不礙手礙腳已屬萬幸，最後只有負責遞調味料和端盤子的份。

「好雨，麻煩妳把辣椒拿給我。」姬奶奶柔聲吩咐。

切好的辣椒片其實就在姬奶奶伸手可及之處，姬奶奶這麼吩咐我，完全是出自於體貼，爲了不讓我覺得自己很沒用。

辣椒一下油鍋，香味立即撲鼻而來。

「好香。」我忍不住稱讚。

「很香吧？這可是自己種的，用來炒仔仔最喜歡的辣炒三絲很適合。」姬奶奶接連將豬肉絲和豆干絲下鍋，「好雨，妳可得學起來啊。」

「啊？」我一時沒反應過來，「可是我不會做菜。」

「哎呀，那也沒關係，現在的女孩子不一定得下廚，讓男生進廚房也挺好。」姬奶奶俐落翻炒著鍋裡的食材，帶笑的眼睛朝我看了過來，「叫仔仔煮給妳吃。」

仔仔？姬無也？叫姬無也煮菜給我吃？

我的臉瞬間變得熱燙，連忙解釋，「奶奶，那個，其、其實我和姬無也不是……」

「啊，我的湯！」姬奶奶注意到正在另一個爐上熬煮的湯鍋煮滾了，急著將爐火轉小，接著又要我去取盤子盛裝差不多可以起鍋的辣炒三絲。

一番忙碌之後，我錯過了解釋的最佳時機。

算了……這是人家的奶奶，還是留給姬無也去解釋吧。

「好雨，范好雨。」炒最後一道高麗菜的時候，姬奶奶忽然叫我。

「是，奶奶？」以為她有事吩咐，我急急湊過去。

大概是我的態度太積極，逗得姬奶奶啞然失笑，「沒事，我只是在想妳這個名字很特別，不曉得是誰替妳取的？有什麼涵義嗎？」

我愣了愣，有些僵硬地答道：「我的名字，是取自杜甫的一首詩，《春夜喜雨》。」

「可以念出來給奶奶聽聽嗎？」

「……好雨知時節，當春乃發生。」我艱澀地開口，指尖微微發涼，「意思是，一場及時雨會在春天降下，滋潤世間的萬物。」

「啊，是不是想期許妳要懂得幫助他人，就像一場春天的及時雨一樣？這名字的意境眞是不錯。」姬奶奶讚許地點點頭，手中的鍋鏟仍不停翻炒，「是誰幫妳取的？爸爸媽媽？還是爺爺奶奶？」

不是，都不是。

我半張著嘴，一個字都說不出來。

范好雨不是我原本的名字，幫我取這個名字的也不是我的親人，我的親人不想再與我有任何牽扯，而這一切全都是我咎由自取……

「好雨，哎喲，妳怎麼哭了？」姬奶奶嚇得一把抱住滿臉都是眼淚的我，「好好好，奶奶不問了，都是奶奶的錯，讓好雨想到了不開心的事，對不起啊，好雨，我們不哭了、不哭了。」

姬奶奶的個子比我矮上一個頭，然而她的懷抱卻讓我既溫暖又安心，我的眼淚掉得更凶了。

「奶奶，對不起……」

「傻孩子，說什麼對不起啊，都是奶奶的錯。」姬奶奶不停拍撫著我的背，「哎喲，到底是受了多大的苦啊，怎麼哭成這個樣子？」

我把頭埋在姬奶奶的頸側，姬奶奶身上有一種令我無限嚮往的味道，那是「家」的味道。我的阿嬤從來不曾這麼抱過我，她這輩子都不會這麼抱我。

因爲我是殺死她兒子的兇手。

眼淚止不住地落下，我已經很久沒這樣痛哭過了。爲什麼會突然感到這麼悲傷？即使失去了部分記憶，但我一直都很清楚，自己曾經犯下過錯，並且也接受了這個事實。

或許是姬奶奶對姬無也的關心與溫情觸動了我，或許在我的心裡，我始終渴望著有誰能給我一個接納的擁抱，即便我犯下了不可原諒的過錯。

當我好不容易止住哭泣，總算可以上桌吃飯的時候，從樓上下來的姬無也一定注意到我紅腫的眼睛，事實上，就連姬奶奶的眼眶也是紅的。

但姬無也什麼都沒有問，他只是和姬奶奶聊天，不時替我布菜，偶爾對沉默不語的我微笑，彷彿是在告訴我：沒關係，妳慢慢來，我會在這裡。

我很感激姬無也的體諒，卻也很氣自己破壞了本該更和樂的氣氛。

晚餐結束後，姬奶奶送我們走出家門。

我和姬奶奶道了再見，看著姬奶奶慈祥的面容，我的心裡更是難受。

「奶奶，對不起。」

「傻孩子，哪有什麼對不起。」姬奶奶噙著微笑，手一下一下摸著我的後背，「沒事的，天底下沒有過不去的難關，以後想哭，就來奶奶這裡哭，知道嗎？」

「對不起……」

「哎，妳這孩子眞是說不聽。」姬奶奶失笑，取下指上一枚細細的玉指環，「好雨，這個送妳，就當是奶奶給妳的祝福，戴著它就不要哭了。」

我受寵若驚，急忙推辭。

「收下吧。」姬無也拍了拍我的肩膀。

見姬奶奶堅持要我收下，我只得訕訕地謝過。

下山的路上，姬無也打開廣播，讓電臺DJ的聲音塡滿安靜的車內。直到姬無也把車子停在我租屋處樓下，我依然不知道要如何與他說話，連假裝若無其事地道別都很困難。

「再、再見。」我勉強丟下一句話，匆促推開車門，像是想要逃跑似的，我不自覺加快了腳步。

可是，我爲什麼要逃？

身後傳來車門關上的聲響，我登時停下腳步，還來不及回頭，我整個人已經被姬無也從背後按進了懷裡。

「晚安。」姬無也在我的耳邊低聲說，「好雨，晚安。」

眨了眨再次泛起淚霧的眼睛，我搞不懂自己到底是怎麼了？怎麼又想哭了？

我緊緊咬住嘴唇，生怕讓姬無也聽見我的哽咽。

「祝妳有個好夢。」

那天晚上，他又一次對我說了這一句話。

✦

萬萬把自己遭邱天霖下藥性侵的事在網路上公開後，不到兩個星期，約有將近十名女生與她聯絡，受害者的人數比她想像得多上許多，她無力獨自處理。我和幾名與萬萬交情較好的學生會成員自願協助萬萬，希望能早日爲包括萬萬在內的受害者討回公道。

我手上的事情越來越多，只能盡量把握零碎時間念書，比如現在，我趁著兩節空堂，窩在學生會辦公室苦讀明天要考的科目。

「好雨，我先去上課了。」萬萬抓起椅子上的外套和包包，「記者要是提前來訪，再麻煩妳幫我接待一下，我下課馬上過來。」

我答應下來，要她趕緊去上課。

學生會辦公室只剩下我一個人，我對著課本默念背誦，努力記下明天可能會考的各種知識點，我必須要拿到好成績，好成績可以讓我拿到獎學金。

過去曾經有高中同學覺得我很可怕，說我是讀書機器、是爲了成績不擇手段迎合老師的馬屁精。

老實說，我不在乎。

我有必須努力念書的原因。

儘管那個原因終究沒有意義，我還是得一直努力。

而且，持續到我死去的那一天。

敲門聲響起，我從書中抬起頭看向那位出現在門口的不速之客。

「林孟謙？」

「嗨，我可以進去嗎？」

林孟謙和我有好一陣子沒聯絡了，上次他傳來的訊息被我刻意已讀不回後，他也沒再自討沒趣。

我們的共同朋友不少，大家都看得出我和他之間出了狀況，但沒幾個人敢來問我。

「期中考考得怎麼樣？」林孟謙拉了把椅子，在我對面坐下。

「嗯，還可以。」我闔上課本，把筆收進筆袋。

「少來，應該考得很好吧。」林孟謙笑了，他的視線在我臉上停留了一會兒，彷彿若有所思，「我考得很差。」

林孟謙雖然不喜歡念書，但他很聰明，運氣也不錯，每次只要考前臨時抱一下佛腳，成績往往不會差到哪裡去。

「我媽很生氣。」他說。

「只是期中考而已，期末考再補回來就好。」我試著安慰他。

「她不會接受這套說詞。」林孟謙眼神莫名變得銳利，「妳知道吧？我跟妳說過。」

沒錯，我知道林孟謙的媽媽很注重成績，我知道他有個讀醫學系的哥哥，而他媽媽時常拿林孟謙和他哥哥比較，認爲林孟謙永遠不及他哥哥優秀。

但那又怎樣？

爲什麼他現在要用「這一切都是妳造成的」的眼神看著我呢？

「好雨，姬無也不是個好人。」林孟謙忽然說道。

我立刻皺起眉，「林孟謙，不要這麼說我的朋友。」

「他是個滿口謊話的神經病，妳被他騙了！」林孟謙語氣充滿鄙夷，「全校哪個人不知道他有問題！」

「他有什麼問題？就因爲他的穿著與眾不同、他具備常人沒有的能力，你們就認定他這個人有問題？」我冷笑，「有問題的是你們看人的眼光，絕對不是姬無也。」

「范好雨，妳……」林孟謙不敢置信地瞪著我。

「孟謙學長？」朱采蓁站在門邊出聲，她身旁站著一名我沒見過的女子。

我立刻反應過來，該名女子應該就是與萬萬有約的記者，連忙迎上前去。

「請問是盧小姐嗎？」

「妳好，我是盧佳嫵。」盧佳嫵一雙鳳眼閃爍著精光，「我打擾到你們了嗎？」

「沒有！快請進！不好意思，我是萬萬的朋友，萬萬待會就過來。」我客氣地向盧佳嫵說明。

林孟謙深深地看了我一眼，隨即起身走人。

「孟謙學長！」朱采蓁當然急著追過去。

盧佳嫵始終用饒富興致的目光看著我，直到我請她坐下，並為她端來一杯咖啡後，她才將視線從我身上移開。

「青春吶。」盧佳嫵喝了口咖啡。

我無意和陌生人解釋，只是禮貌性地笑了笑。

「范同學也是學生會的成員嗎？」盧佳嫵放下咖啡杯。

「我是學生會長。」

「眞的啊？居然有這麼漂亮的學生會長，難怪男生會爲妳爭風吃醋了。」盧佳嫵從包包裡取出名片遞給我，「我們公司正在積極轉型，最近有個採訪校花的專題企畫，不曉得范同學有沒有興趣？」

「不了，那不太適合我。」基於禮貌，我還是接過名片看了一眼，原來盧佳嫣任職於一家擁有電視臺和網路新聞頻道的大型媒體集團。

「就我接觸過的大學生來說，妳很低調呢。像范同學這樣才貌雙全的女生，通常不會拒絕這種邀約。」盧佳嫣半開玩笑地說，「還是說，妳身上藏著什麼祕密，所以才不想曝光？」

她的話宛若利箭，刺中我的心口。

我表情不變地笑道：「怎麼可能？您眞會開玩笑。」

「嘖嘖，美女的祕密最多了。」盧佳嫣微微挑眉，皮笑肉不笑。

我不是白痴，當然聽得出她言語之間的刺探，以及不懷好意。

「對了，我這裡還有一個專題，打算採訪兒時經歷過重大變故的大學生，妳身爲學生會長，或許曾經聽聞過貴校哪個學生符合……」

此時萬萬上氣不接下氣地跑進會議室，口中大聲喊著：「盧小姐嗎？不好意思，我是萬萬，讓妳久等了！」

萬萬的到來，有效轉移了盧佳嫣的注意力，不再追著我糾纏不休。

我把空間留給她們，逕自走出學生會辦公室，並輕輕闔上了門，然後做了一個很長的深呼吸，而方才收到的那張名片，早就被揉爛了。

✦

時近半夜十二點，我彎下腰，從燒肉店已然拉下一半的鐵捲門走出來，還沒直起身就先瞥見了一雙熟悉的黑色靴子。

「過來也不說一聲，每次都被你嚇死。」儘管嘴上埋怨，我的語氣裡仍帶著難以掩藏的笑意。

姬無也臉上也掛著微笑，極其自然地牽起我的手。

不知道是從什麼時候開始的，我已經習慣了他掌心的厚實與溫度。

「明天放假？」他牽著我走向停在路旁的車。

「嗯。」我隨口應聲，腦中忽然閃過一個念頭，連忙又說：「先說好，我明天打算好好睡一覺，好不容易不用上班、不用考試，我眞的很想睡個夠。」

「好啊。」姬無也答應得爽快，「那今天就不用睡了。」

蛤？他到底想幹麼？

姬無也笑而不語，只是要我快點上車。

隨著車子遠離市區，路上的風景似曾相識，我很快發現這是通往姬奶奶家的路。

「等一下，現在過去不會打擾到奶奶嗎？」

姬無也不以爲意，「我們小聲一點就好。」

我一愣，馬上察覺他話中有話。

「你這是在開車？」

「嗯。」他笑得很是欠揍，一語雙關道：「我在開車。」

要不是他確實是在開車，我一定拿起腿上的包包往他頭上砸下去。

然而，姬無也的目的地似乎不是奶奶家，他這次選的是另一條更小更崎嶇的山路，沿路沒有路燈，只能憑藉汽車頭燈射出的光線辨別前路，好幾次轉彎都嚇得我心跳加速。

「到了。」姬無也把車子熄火後，逕自打開車門。

我跟著下車，深夜的山風吹來晚秋的涼意，放眼望去，四周盡是一片漆黑的山林，實在猜不出姬無也帶我來這裡做什麼。

姬無也在後車廂拿了幾樣東西，包括一張捲起來的野餐墊、一個保溫瓶，以及一件大外套。

他把那件大外套披在我身上，並把保溫瓶遞給我，右手三根指頭舉著打開手電筒功能的手機，兩根指頭勾著那捲墊子，至於空出來的左手則習慣性地牽著我。

他領著我走向前方一條荒僻的小徑，小徑兩旁長滿了半人高的雜草，我們就著手機的光源緩緩前行。

約莫三分鐘後，眼前出現一幢看似無人居住的兩層樓小屋。

姬無也不慌不忙地走上前去，從口袋取出鑰匙打開門——幸好他有鑰匙，至少可以確定他不是非法入侵。

「這裡是誰的房子？」靠著手機手電筒的燈光，我看見裡頭的幾件大型家具都被包上了防塵套。「為什麼不開燈？」

「這是我爺爺的工作室，也是我和他的祕密基地。」姬無也說道，牽著我走上階梯，「他過世後，奶奶幾次忘了繳電費，這裡就被斷電了。」

姬無也帶我來到頂樓，他攤開手上的野餐墊，我則在一旁好奇地東張西望。

「今天有流星雨。」

「真的假的？」從來沒看過流星雨的我掩不住興奮，「可以看到很多流星嗎？」

「視天氣和雲層而定，一小時應該會有十幾顆吧。」姬無也拉著已經忍不住抬頭望向天空的我坐下，從保溫瓶裡倒了杯熱飲給我，「先喝一杯紅棗薑茶暖暖身體，喝完再躺下來看。」

由於太怕錯過流星，我一邊啜飲薑茶，一邊神經兮兮地猛盯著天空，姬無也看了哭笑不得，不斷勸我放輕鬆，少看一、兩顆流星也不會怎樣。

怎麼可能不會怎樣！

每一顆劃過天空的流星，我一定都要看到！

「姬無也……你是不是騙我？」一個小時過去，我躺在地上，呈現眼神死的狀態。不是流星雨嗎？不是說一小時十幾顆流星嗎？

為什麼我一顆都沒看見！

「要有耐心。」姬無也躺在我的旁邊，語氣說有多愜意就多愜意。

我聽得非常火大，扭過頭想罵他，「你——」

「啊，有流星！」

「在哪裡？」我用最快的速度看向天空。

「好可惜，不見了。」姬無也裝模作樣地嘆息。

我覺得他在騙我，但我沒有證據。

其實看不見流星也不打緊，我們仰望著的這片夜空布滿細碎的星星，美得令人移不開目光，仔細回想，我不只沒看過流星雨，我也從未留心過夜空的美麗。

我總是埋頭往前，不曾停下腳步，留一點點時間抬頭看看天空。

「你剛剛說，這棟小屋是你和你爺爺的祕密基地？」

「嗯，我以前很常和他一起躺在頂樓看星星。」姬無也的語氣平淡無波。

透過上次與姬無也在公車上的談話，我便有種感覺，姬爺爺在姬無也心中，分量格外不同。

我悄悄轉頭，看著姬無也若有所思的側臉，「你可以多說一點你爺爺的事嗎？」

姬無也久久沒有回話，久到我以爲他不想提起這個話題。

忽然一陣夜風吹過，山林間的樹葉沙沙作響，我感覺到他溫熱的手往我靠近，我以爲他會牽起我的手，但他沒有。

正當我想主動牽起他的手時，姬無也終於開口了。

「我一直覺得，爺爺是這個世界上最懂我的人。」

姬無也告訴我，姬爺爺和他一樣，天生擁有入夢的能力。

「這個世界上只有爺爺和我是一國的，大家都說我長得像他、個性像他，我的名字也是他取的。我從小就很崇拜爺爺，連穿著打扮也吵著要跟他一樣。比起爸媽，我更常和爺爺一起待在這棟小屋裡。」

姬爺爺就是在這棟小屋陪人入夢，透過入夢替人們解決人生中的難題。

他總是和姬無也說，人生很難，每個人的人生都會碰上幾個解不開的結，有些人選擇無視，有些人學會放下，有些人則會花上大半輩子企圖解開那個結，卻徒勞無功，並且爲此所苦。

「爺爺的作法和我不一樣，他會大幅干預夢境，在那些人的夢境裡播下意念的種子。這麼做的效果非常顯著，那些人在一覺醒來之後，想法往往起了很大的變化。」

當人們的想法起了變化之後，人生也將隨之有了轉變，然而那些隨之而來的轉變並不全然是好的，有時也有壞的。

「每當聽說了哪個客人的壞消息，爺爺就會難過好幾天，雖然不一定是他的錯，但他難免會覺得那與自己在客人夢境裡種下的『念』有關。」說到這裡，姬無也的呼吸沉重了些，「可能是因爲長期累積的憂思，又可能是入夢的後遺症，爺爺比一般人更早得了阿茲海默症。」

「入夢的後遺症？」

「有人說，這是干預天理的報應，我聽他們在放屁！」

這是我第一次見姬無也流露出接近憤怒的情緒。

「爺爺的症狀惡化得很快，不到一年，他連我也記不得了，他看著我的眼神就像是看著一個陌生人一樣……這麼說可能很不孝，但我其實很生氣，我很氣爺爺怎麼可以忘了我。」姬無也下巴繃得死緊，就連唇瓣都微微地顫抖。

不是的，姬無也當時的心情才不是生氣。

明明是那麼親密的家人，看著你的目光卻在某一天轉爲茫然，你和對方共同經歷過的種種回憶將只存在於你一個人的心底，而你對這一切無能爲力。

當時姬無也的心情不是生氣，那是充滿絕望的悲傷。

姬爺爺過世後，姬無也以大學離家裡有段距離爲由，獨自在外租屋，很少回家。

他知道自己是在逃避，逃避爺爺的離世，逃避那些他無法忘卻的回憶。

「你眞的很愛你的爺爺。」我輕聲說，眼神離不開他。

姬無也受姬爺爺的影響很深，所以他才會追隨姬爺爺走上相同的道路，透過入夢幫助被夢魘糾纏的人。

我悄悄將手覆上他的，耐心地一點一點鬆開他攥緊成拳頭的手指，與他十指交握。

「好雨，不要忘記我，好不好？」姬無也忽然用力握住我的手，轉頭看向我，琥珀色的眼眸藏著一絲恐懼。

「好。」我點了點頭，更用力地握住他的手，「我永遠不會忘記你。」

那一刻，姬無也笑了，眼睛又彎成了兩枚月牙。

說時遲那時快，他身後的夜空倏地劃過一道耀眼的白光。

「流星——唔！」

姬無也冷不防朝我貼近，舌尖輕輕撬開我因爲緊張而緊閉的齒間，這個吻帶著全然的霸道，但我並不討厭，我生澀地模仿他的動作，與他唇舌交纏。

那天晚上，我們吻了很多、很多次。

當我們終於喘著氣停下時，我在姬無也的眼裡看見了此生所見最美的星空。

✦

自從上次與林孟謙在學生會辦公室不歡而散後，我倆便再也沒有聯絡了，所以收到林孟謙的生日派對邀請時，我猶豫了好久，不曉得該不該出席。

於情於理，或許我至少得和他說聲生日快樂。

「好雨學姊？」忙著接待客人的朱采蓁一見到我出現在林孟謙的生日派對上，臉色瞬間變得很難看，「孟謙學長有邀請妳？」

面對這個問題，我只是揚起手上的邀請卡。

朱采蓁臉上閃過一絲難堪，「……玩得愉快。」

派對辦在朱采蓁先前提起過的那間名爲「小劇場」的餐廳，這裡除了提供餐飲服務，還有一處小型劇場空間，不少小劇場團體會在此演出。

參加派對的賓客很多，自助式餐點擺在桌上供人隨意取用，服務生端著香檳和白酒穿梭其中，卻不見林孟謙的身影。我把禮物交給專門收禮的負責人後，拿了幾樣點心，默默躲到一旁享用。

「范好雨！終於找到妳了！」一名看上去有幾分眼熟的大男孩走到我面前。

「你是……」

「我是老K啦！林孟謙的兄弟，我們之前有見過啊！」老K熱情地自我介紹，自來熟的樣子並不讓人反感，「范好雨，方便請妳過來拍攝一段祝賀林孟謙生日快樂的影片嗎？」

我爽快答應，跟著老K走進一間安靜無人的小包廂。

影片不一會兒就拍好了，我問老K林孟謙人在哪裡，並解釋：「我有事不能久待，打算當面跟他說聲生日快樂就走。」

「妳要走了？也太快了吧！留下來再吃點東西嘛，今天的餐點很好吃耶！」老K瞪大眼，連忙掏出手機背著我打字，「妳、妳等一下喔！不要跑喔！」

等了幾分鐘，我遲疑地開口：「那個，不然我自己去外面找林孟謙……」

「好了！」老K忽然大叫。

「什麼好了？」

老K打開包廂門，「沒事，我是說……林孟謙在劇場舞臺那邊等妳，妳沿著這條通道走向後臺，掀開簾幕就會看到他了。」

儘管覺得有些奇怪，我還是依照老K的指示，來到劇場後臺，並掀開厚重的簾幕，一腳踏了出去。

剎那間，一束強烈的聚光燈打在我的身上，我不適地瞇起眼睛，等到眼睛稍微適應強光之後，才赫然發現林孟謙就站在我的面前，一身剪裁得宜的高級西裝，手裡還捧著一大束紅色玫瑰，而舞臺下方則聚集了一大群參加生日派對的賓客。

「范好雨，我喜歡妳。打從第一次見到妳，我就察覺了妳的與眾不同。」林孟謙望著我，唇邊帶著溫柔的笑意，「妳就是那名我想要放在手心裡珍惜一輩子的女孩。」

臺下的賓客舉高了手機和相機，爭相記錄這一幕。

「還記得我之前說過的話嗎？只要我想要的，沒有什麼是我得不到的，除了妳，范好雨。」林孟謙把手上的玫瑰遞給我，眼神流露出勢在必得，「今天，我可以得到妳的答案嗎？」

「在一起！在一起！」

「答應他！答應他！」

臺下眾人跟著起鬨，我卻渾身發涼。

不難想像，在旁人眼裡，此刻的林孟謙會是多麼地深情款款。

我沒有料到林孟謙會藉由他的生日派對當眾向我告白，他向來好面子，不可能接受拒絕，尤其在他所有的朋友面前。我甚至覺得林孟謙就是算準了我知道這一點，才會選在這個時機和我告白。

他這個人就是如此，從來就不給我拒絕的選項。

「范好雨，和我在一起。」林孟謙朝我走近一步，我下意識往後退了一步，這個舉動令他眼中掠過一絲不快。

我不可能答應與林孟謙交往，卻又不知該如何拒絕，才能不傷及林孟謙的顏面……正不知所措之際，我驀地瞥見了站在臺下人群最外圍的姬無也。

姬無也面無表情，目光直直地盯著我看。

是的，在場每一個人都在等著我給出答案，我不能逃避。

我抿緊了唇，努力讓自己鎮定下來，緩緩走上前去抱住林孟謙，附在他耳邊說了幾句話。

臺下頓時群情激動，爆出一陣熱烈的歡呼，無人注意到林孟謙倏地臉色大變。

當我再次看向人群，卻已不見姬無也的身影，而朱采蓁獨自站在角落，看著我的眼神裡帶著毫不遮掩的怨懟。

Chapter 7

「妳剛才說的話是什麼意思！」

生日派對還沒結束，林孟謙丟下滿場賓客，追在我身後，他三兩步就追上我，一把抓住了我的手腕。

「林孟謙你放開我！」我甩開他的手，急著想去找姬無也。

「范好雨！妳給我把話說清楚！」林孟謙氣急敗壞地大喊。

我壓根不理會他，繼續疾步前行，前腳才踏出餐廳大門，就被人扯進一個熟悉的懷抱裡。

「我以爲你走了。」我一顆懸著的心終於放下。

姬無也一手環在我的腰上，低頭輕吻了下我的髮頂，「裡面人多，我不喜歡。」

幸好，他沒有誤會。

方才的我不曉得有多害怕，害怕他會丟下我離開。

「范好雨，這就是妳的答案？」

聽見林孟謙的聲音，我後知後覺地想起他的存在，連忙輕輕推開姬無也的懷抱，轉身看向站在一旁的他。

「我想我剛才已經說得很清楚了。」

就在幾分鐘之前，當我在眾人面前擁抱林孟謙時，便已經在他耳邊說出了我的答案——

「這是給你留的面子，對不起，我不會和你在一起。」

林孟謙不該用這種方式逼我就範，而姬無也之所以會出現在林孟謙的生日派對上，應該也是林孟謙一手導演。

「這個騙子到底哪裡好？」林孟謙忿忿地指著姬無也，「難道我跟妳在一起的時間都不算什麼嗎？我對妳的好，妳都看不見嗎？憑什麼這個人一出現就可以把妳搶走？范好雨！我到底哪裡比不上他！」

「我從來沒有把你拿來和他比較。」

「那爲什麼妳要選擇他？」

「你很好，他也很好。」我深吸一口氣，「我喜歡他，並不是因爲我覺得他比你好，就只是我喜歡上了他而已。」

沒錯，我喜歡姬無也。

況且感情本來就不是比較得來的，不是誰比誰好，我就會喜歡上他。

林孟謙不懂，至少現在的他還不懂。

「范好雨，妳這個婊——」

「你最好把話吞回去。」姬無也一個箭步擋在我身前，「不要說出你會後悔的話。」

林孟謙的眼睛都紅了。

最後，他半句話也沒說，掉頭離去。

✦

聽說在我和姬無也離去之後，林孟謙發了瘋似的把自己的生日派對砸了。所有人終究還是知道了林孟謙和我沒有在一起，然而所有人都認爲，那是因爲我變心愛上了姬無也。

林孟謙的朋友爲他抱不平，認爲我玩弄林孟謙的感情，又一腳把他踢開。聽聞這樣的說法，我竟一點也不在乎。

或許是因爲這個世界上還有其他更值得我在乎的事，比如萬萬的事。

萬萬的專訪在網路媒體刊出後，有更多受害者與她聯繫，將近二十名的受害者將會聯合對邱天霖和他的朋友提出告訴，根據律師的說法，她們不可能會輸。

士氣大振的萬萬小組——就是當初自願幫助萬萬的學生會成員，選在我打工的燒肉店舉辦慶功宴，姬無也來了，場面十分熱鬧開心。

「來！大家一起敬一杯！」萬萬喝嗨了，直接站上椅子高呼，「祝我們旗開得勝、渣男去死！」

「旗開得勝！」

「渣男去死！」

大口喝下冰涼的啤酒，我已經很久沒笑得那麼歡暢了。

以前的我習慣戴著面具，每一個表情都經過計算，我不生氣，我只會笑，我已經習慣了那樣的笑容，不費吹灰之力就能揚起嘴角，卻忘了真正的笑其實是發自內心的、是會讓人不計美醜、甚至會不自覺笑出眼淚的。

「欸你們兩個！」萬萬還不肯消停，對著我和姬無也說：「你們打算什麼時候公開啊？又不是懷孕生小孩要等三個月，差不多了吧？可以承認你們的關係了吧？」

我差點笑出來，「承認什麼啊？」

「少在那邊裝傻，當然就是男女朋友啊！」萬萬不打算放過我們，她拉著小鴿，再次大聲吆喝，「來！大家一起喊，交杯酒、交杯酒、交杯酒！」

「交杯酒、交杯酒！」喝得醉茫茫的小鴿口齒不清地響應。

姬無也和我對看一眼，他主動斟滿了兩杯酒，把其中一杯塞到我手裡。

「恭敬不如從命，對吧？」

「你怎麼看起來像是很開心？」我忍不住問道。

「我是很開心啊。」姬無也舉起酒杯，手臂勾住了我拿著酒杯的那隻手，再將他手中的酒杯抵在唇邊，「敬妳，我的女朋友。」

我耳根一熱，腦袋一片空白，在眾人的歡呼聲中，和他一同飲下交杯酒。

正當我們準備放下酒杯，幾道刺眼的光亮忽然連續閃過。

「盧小姐？」我驚訝地望向站在不遠處，正舉著相機對著我們猛按快門的盧佳嫣。

「嗨，聽說你們在這辦慶功宴，不介意我一起參加吧？」盧佳嫣和萬萬打了聲招呼，走到我旁邊的空位坐下，「范同學，這是妳男朋友？很帥欸，好有型喔。」

「謝謝。」我往姬無也的方向靠過去些，「對了，妳剛剛為什麼要拍我們……」

「啊，不好意思，我只是覺得你們很上鏡，一時手癢，忍不住拍了幾張。」盧佳嫣取出相機，讓我確認照片，「拍得很不錯吧？我再把檔案寄給妳。」

雖然心裡不是很舒服，但我也不好說什麼，畢竟她拍的那些照片看上去沒什麼大不了的，要她刪掉好像顯得有些小題大作。

「說真的，你們這對俊男美女的組合，走在校園裡一定很引人注目吧？」盧佳嫣的目光落在姬無也身上，「范同學的男朋友，請問……」

「我姓姬，我叫姬無也。」姬無也大方介紹自己。

「這個姓氏很少見。」盧佳嫣的記者雷達似乎打開了，抓著姬無也猛問，「你的穿著打扮也很特別，你平時都這麼穿嗎？是喜歡漢服嗎？」

「只是習慣。」

「哦？怎麼說？」

後來好一陣子，盧佳嫣就這麼隔著我，兀自和姬無也聊了起來。

憑良心說，盧佳嫣並沒有問任何越線的問題，她其實也不需要，因為姬無也本來就很特別，從他的穿著打扮、家學背景，乃至於他一手創立的夢ㄉ王國社團、所提供的安眠體驗等，全都引起了盧佳嫣的興趣。

我心裡的不舒服，很大一部分源自於她的記者身分。

「我去透透氣。」我隨便找了個藉口離席。

店外的冷空氣拂上臉頰，悶脹的腦袋一下子舒暢許多。

隨意坐在路旁的矮花臺上，我深深吐出一口氣，低頭看著自己微微顫抖的手指。

沒錯，我在害怕。

我怕我的過去會被揭露，儘管可能性小之又小。

就算盧佳嫣是記者又怎麼樣？她不可能無緣無故懷疑我，更不可能把我和殺人犯聯想在一塊……對吧？不可能的吧？

但世事向來難料，我無法控制心中的恐懼滋生。

頭好像又痛起來了，我閉上眼，一手按壓著太陽穴。

「不舒服嗎？」

姬無也的話聲響起時，一件外套跟著落在我的肩上。

「你怎麼出來了？」我睜開眼睛，只見姬無也在我面前蹲下，正仔細地端詳我。

「女朋友不見了，男朋友不能出來找嗎？」姬無也抬手替我按揉太陽穴，「這裡不舒服？」

其實我頭已經不痛了，只要他出現，我的頭痛就會消失。

但我不想提醒他，我還想多蹭一些他的溫柔。

「欸，你幹麼一直把女朋友掛在嘴邊？」偷覷著認眞替我按摩的姬無也，我小小聲地問道。

「我喜歡。」姬無也抬起眼看我，表情似笑非笑，「不行嗎？」

「也沒有不行……」我忍不住別過頭，悄悄做了個深呼吸。

他琥珀色的眼眸好美，我大概永遠都無法招架。

我們沒有再回店裡，姬無也和我並肩坐在花臺上，等待其他人用完餐出來，由於花臺太矮，為了坐著舒服，姬無也不得不伸直了長腿，只是每逢路人經過，他便得暫時把腿收回去，連續幾次，看得我莫名覺得好笑，而他也翻了我好幾次白眼。

笑著笑著，姬無也忽然側過頭親吻我。他的唇是涼的，氣息是溫熱的。我們吻了很久很久，直到兩人的呼吸都變得急促，再也喘不過氣，這個吻才終於結束。

姬無也一手摟著我，一手玩著我右手無名指上的玉指環。

這樣依偎在他身邊，我本該覺得安心，然而卻仍有一道難以擺脫的陰影罩在我的心上。

「姬無也。」我忍不住開口叫他。

「嗯？」姬無也衝著我一笑，笑裡的溫柔令我心動。

同時，也令我更加害怕。

「我問你喔，你覺得……我是一個怎麼樣的人？」

「幹麼突然問這個？」儘管覺得我的提問有點沒頭沒腦，姬無也還是認眞作出了回答，「妳很漂亮、很優秀，做事很認眞，就是對我有一點凶，除此之外，妳還很奇怪，明明很聰明卻又有點傻傻的，還有……妳是一個過度努力的人。」

「過度努力？」我一怔。

「嗯。」姬無也撫著我的頭髮，「也許妳沒發覺，不管是在人前還是人後，妳都很努力讓自己在各方面表現出完美的狀態，讓人看了很心疼。」

「妳很完美，完美得不尋常。」

先前姬無也在麻辣鍋店就曾對我說過類似的話，他一直都知道，我所努力呈現出的完美，並不尋常。

「你會因爲這樣離開我嗎？」我問。

「離開妳？」姬無也笑了，「我爲什麼要離開妳？就因爲妳過度努力追求完美？」

因爲我一直都在隱藏一個不能說的祕密。

因爲你可能會發現我的祕密……因爲那個祕密是，我其實是個可怕的殺人犯。

但我什麼也沒有回答，只是躲進他的懷裡，狡猾地避而不談。

幸好，姬無也只當我是在撒嬌。

「沒事。」他摟緊了我，溫柔得無可救藥，「有我在，妳可以不用那麼努力。」

對不起，我沒辦法說實話。

我一點也不善良、一點也不優秀，我其實不想花那麼多精力念書、不想當什麼學生會長，我不生氣也只是因爲我不敢生氣，眞正的我根本就不是那樣的人。

我所有的努力，都只是想證明自己是個好人。

而這卻是這個世界上最徒勞無功的事了。

我在姬無也的懷裡閉上了眼，祈禱這份幸福可以一直持續。

多一天、多一分一秒都好。

只要他不知道就好。

不知道眞實的我有多麼不堪。

✦

時序進入冬季，今年學校的耶誕舞會將再次由學生會籌辦，我們選擇以電影《大亨小傳》作爲舞會主題，打造出繁華絢爛、紙醉金迷的氛圍，絕對能讓與會者耳目一新。

「好雨！聽說K-FUN這次也會來，是眞的嗎？」小鴿一早就眉飛色舞地衝進學生會辦公室，「哈哈，其他學校一定羨慕死我們了！」

「要謝去謝姬無也，都是他的功勞。」我沒有抬頭，只顧著查看廠商寄來的報價單。

其實K-FUN一開始是拒絕這項邀約的，理由是他正忙著籌備新專輯。我無意間在姬無也面前提起這件事，我發誓，那真的只是閒聊而已，沒想到隔天K-FUN的經紀人就主動打電話過來，表示K-FUN願意出席，還說既然是好朋友的場子，他一定會卯足了勁演出。

「哇，沒想到小周公竟然如此神威浩大。」小鴿聽得目瞪口呆，雙手擺出膜拜的姿勢，「我現在拜小周公來得及嗎？」

「謝謝施主，您的心意我替他領了。」我學她雙手合十，朝她一拜。

「好雨，妳變了呢。」小鴿忽然說道。

我不解，「什麼意思？」

「以前的妳不會像這樣跟我玩……啊，我不是說妳那樣不好喔。」小鴿急忙解釋，「只是以前的妳親切歸親切，但相處起來好像隔著一堵牆，很難親近。妳沒發現我之前都喊妳會長嗎？要是在以前，我才不敢直呼妳的名字咧！」

我真的變了嗎？又是從什麼時候有了變化？

「啊！應該是小周公出現之後，妳就變得不太一樣了！」

「有嗎？我自己都沒有發現。」

「哎哎，愛情的力量喲！」

小鴿話音未落，一道人影猛地拉開門衝進學生會辦公室。

道。

「學姊！」元尚旭一貫的面癱臉上竟帶著驚慌。

我心裡升起一股不祥的預感，「怎麼了？發生什麼事了？」

「朱采蓁自殺了！她吞了大量的安眠藥，現在人在醫院急救。」元尚旭喘著粗氣

目前朱采蓁自殺原因不明，幾個和她比較要好的同學都說，朱采蓁前陣子每天都很開心，整個人沉浸在戀愛的甜蜜裡，成天跟大家炫耀她的男朋友對她有多好，彷彿是世上最幸福的人。

但沒有人知道朱采蓁的男朋友是誰，就算問了，她也不肯透露。

聽聞朱采蓁的身體狀況穩定些後，我提著一籃水果，獨自到醫院探望朱采蓁。家境很好的她住的是單人病房，陽光透過大片玻璃窗照射進來，驅散了不少醫院的冰冷。

朱采蓁坐在床上，雙眼迷離地望向窗外。

「采蓁。」我放輕腳步走上前。

朱采蓁緩緩轉過頭來，似乎思索了好一會兒才記起我是誰，「好雨學姊，妳來看我啦？」

「身體好一點了嗎？」我把水果籃放在一旁的矮櫃上，上頭已經擺著一束班上同學送的鮮花，「睡得好嗎？有沒有好好吃東西？」

朱采蓁沒回答，她只是看著我的一舉一動。

我被她的目光弄得有些侷促，「采蓁？」

「孟謙學長沒跟妳一起來嗎？」朱采蓁空洞的眼睛裡浮現出期盼。

「林孟謙他……」我和林孟謙早就不是會聯絡的關係了，但我不忍見朱采蓁失望，遲疑了一下便說：「林孟謙這幾天比較忙，他很快就會來探望妳了。」

聞言，朱采蓁蒼白的臉上終於有了一絲笑意。

「太好了。」然而她說完之後，不曉得想到了什麼，微笑忽然凝結在唇角，眼眶一紅，斗大的淚珠就這麼掉了下來，纖細的手指揪著被單，「好雨學姊，我不想死、不想死……」

我連忙上前抱住她，「沒事了，已經沒事了。」

「我只是想要他來看我……」朱采蓁哭得整個人都癱倒在我身上，「他不理我了……爲什麼不理我？我做錯了什麼？爲什麼他就是不喜歡我？我對他那麼好，我什麼都給他了，他明明也說過會好好珍惜我，爲什麼……」

我頓時心中一凜，或許時機不太合適，但我不能不問。

「采蓁，妳男朋友有強迫妳嗎？」

「沒有。」朱采蓁喃喃道，「但那是我的第一次……他喝醉了，他說會彌補我，會好好對待我……」

「你們是怎麼認識的？」我試著旁敲側擊，「他是我們學校的學生嗎？」

然而，朱采蓁像是沒聽見我的問話，自顧自地說了起來。

「我們去了好多地方，動物園、水族館、遊樂園，他帶我去吃了一間很好吃的餐廳，介紹我認識他的朋友，他對我好好，眞的好好……」朱采蓁彷彿墜入了回憶，笑容又回到了她的臉上，「我問他，我們可不可以永遠在一起，他答應了，我眞的好開心，我終於跟他在一起了，我喜歡他很久了。」

「妳喜歡他很久了？」我不禁皺眉。

「打從初次見面，我就喜歡上他了。他長得很帥，成績又好，對待身邊的朋友很大方，他站在人群裡，就像是童話故事裡的王子般引人注目。有一次，我在上體育課時不小心拐到腳，他立刻抱著我去到保健中心，我怎麼可能不爲這樣的男人心動？」

聽著朱采蓁的敘述，我心中漸漸浮現出一個可能的人選。

這件事我從林孟謙口中聽過，當時他還趁機向我邀功，說他救了我的直屬學妹，理當請他喝一杯咖啡。

但是，如果朱采蓁的男朋友眞的是林孟謙，爲什麼他會突然不理朱采蓁？甚至讓朱采蓁不惜自殺，只爲了能見他一面？

「我知道他早就有喜歡的人了。」朱采蓁語氣一轉，木然地朝我看了過來，「我看得出來，他看她的眼神不一樣，他對她的好，跟他對我的好不一樣，我在旁邊看得很清楚，所以我一直沒有想要爭取，我希望他能幸福快樂——范好雨，妳爲什麼要傷害他！」

她忽然用力抓住我的手，指甲深深陷進了我的肉裡。

「好痛！」我忍不住低呼。

「妳明明知道那個生日派對是我一手爲他籌辦的！妳爲什麼要來？還由得他在生日派對上當眾向妳告白！妳有沒有考慮過我的感受？」朱采蓁面容扭曲，表情猙獰，「我爲他做了那麼多，可是妳做了什麼？妳傷害他，讓他難過……好啊，妳不珍惜他，那換我總行了吧？所以他喝醉之後，我主動走進他的房間，就算他喊著妳的名字，我還是把自己給了他……結果呢？說會好好待我，卻還是忘不了妳。范好雨妳到底哪裡好啊？妳爲什麼到現在還不肯放過我？」

朱采蓁狀若癲狂，往我身上一陣亂打，我的頭臉都不能倖免，最後她的雙手緊緊掐住了我的脖子。

「該死的不是我，是妳！范好雨，妳死掉就好了！」朱采蓁惡狠狠地說。

我不斷想要推開她的手，卻徒勞無功，漸漸呼吸越來越困難，視線也越來越模糊。

是這樣嗎？

原來，只要我死掉就好了嗎？

我頓覺眼前一黑，徹底失去了意識。

「小姐，妳沒事吧！聽得見我說話嗎？」

不知道過了多久，我勉強睜開眼睛，發覺自己躺在地上，一名護理師正著急地輕拍我的臉頰。

另一名護理師則站在病床邊，試圖安撫情緒激動的朱采蓁。

「范好雨！妳不要以爲妳做了什麼都沒人知道！」朱采蓁尖聲大喊，「若要人不知，除非己莫爲！妳聽到了沒！妳這個殺人犯，我一定不會放過妳！」

掙扎著從地上站起，我搖搖晃晃走向病房門口。

「同學妳要去哪？妳還好嗎？要不要休息一下再離開？」護理師關切地問我。

「謝謝，我沒事，我該離開了。」

雙腳無力，頭間疼痛難忍，一走出病房，我幾乎再度癱軟在地。

朱采蓁剛剛說什麼？

殺人犯？

朱采蓁她……她知道了什麼嗎？

一陣排山倒海而來的恐懼攫住了我，我幾乎無法思考。

放在隨身背包裡的手機不斷震動著，我摸掏出手機，看著螢幕顯示的來電者名字出神，有一瞬間，我不想接這通電話，我知道自己無法再承受任何一丁點傷害。

儘管如此，我還是接起了。

「喂？」

「阿嬤住院了。」黃品豪語氣冷漠，像是在講述一件與他毫不相干的事。

✦

由於跌倒造成骨折與頭部創傷，阿嬤需要住院觀察兩個星期。

阿嬤是在家裡廚房跌倒的，當時只有她一個人在家，等黃品豪放學回家發現她躺在地上動彈不得時，已經是好幾個小時後的事了。這起意外對阿嬤也造成了精神上的衝擊，她整個人變得更加暴躁易怒，醫師還開了鎮定劑讓她服用。

僱用看護所費不貲，黃品豪也要上課，照顧阿嬤的責任自然落到了我身上。

「妳是白痴還是耳聾！我就說我不要吃了！」阿嬤怒瞪著我，彷彿我要她吃下的是毒藥，而不是醫院的清淡餐食，「這種東西拿去餵狗都不會有狗要吃！我知道啦，妳就是想要把我餓死，我死了，妳就快活了，對吧？」

面對阿嬤的惡言相向，我一點感覺也沒有。

我早就習慣了。

「不喜歡也沒辦法，多少吃一點吧。」我淡淡地說著，把蔬菜湯推了過去。

也許是我的態度太平淡，反而再一次惹惱了她。

阿嬤猛然抓起湯碗，直接往我身上砸。

湯水猛地飛濺，弄濕了我的上衣和褲子，蔬菜殘渣黏附在鞋子上，健保六人病房頓時安靜無聲，所有的視線都朝我們這邊看來。

「活該。」見我形容狼狽，阿嬤冷笑。

她總是以實際的行動讓我知道，她的憤怒不能沒有獲得回應。

所以，我到底該怎麼做才好？

我默默蹲下撿起地上的碗，內心空蕩蕩的，憤恨沒有，委屈也沒有，什麼都沒有。

直到一雙熟悉的黑靴出現在眼前，我才心中一震，飛快站起。

他怎麼會在這裡？

「我來吧。」姬無也伸手便想接走我手上的塑膠碗。

我大動作地抽回手，憤怒地瞪著眼前的他。

「你來這裡幹麼？」那一瞬間，我理智斷了線，只覺一股怒火浮現心頭。

姬無也一愣，神色很快恢復平靜，「我來找妳，順便探望妳奶奶。」

「我有叫你來嗎？」我的語氣還是很衝。

「是我自己想來的。」

「你怎麼可以沒問過我就自己來！」瞥見阿嬤臉上的幸災樂禍，我顧不得自己滿身湯水，抓著姬無也就往病房外走，「跟我出來！」

醫院裡沒什麼適合私下談話的地方，我怒氣衝衝地拉著姬無也走過一段長長的走廊，推開逃生門，把他拉進樓梯間。

「你爲什麼會在這裡！」我再次對他大吼。

「我來找妳，順便探望妳奶奶。」姬無也把同樣的答覆又耐心地說了一遍，平靜依舊。

我倒抽了口氣，淚意忽然一股腦兒地湧上，「我的意思是，我又沒有叫你來，你爲什麼要來！」

他到底爲什麼要來？爲什麼非得讓他撞見我這麼難堪的一面？

我根本不想讓他知道家裡這些事！

「我不在意。」他說。

「但我在意！」我快哭了，喉頭發酸，「姬無也，你不懂嗎？我覺得很丟臉！」

我覺得丟臉，不是因爲被他看見我一身狼狽。

而是因爲我的家庭竟是那麼扭曲，他之前就見過黃品豪是如何討厭我，這次又目睹阿嬷是如何恨我入骨。

我的家庭從來不像他的那樣幸福美滿。

而我無人可以怨怪，這一切都是我自己造成的。

「好雨，我……」姬無也像是想說些什麼。

我強忍住眼淚，淒然對他搖了搖頭，背轉過身從他面前逃離。

長期累積的壓力在這一刻超過了我所能承受的上限，再不發洩，我整個人就將崩毀。我跑進附近的女廁，把自己關在廁所隔間，壓低了聲音哭泣。

我並不想對姬無也發脾氣，他沒有錯，錯的是我。

打從一開始，錯的都是我。

在我還不是范好雨，而是黃品筠的時候，在十歲的黃品筠拿刀殺死了親生父親的時候，我就錯了。

不管是阿嬷，還是黃品豪，甚至是林孟謙和朱采蓁，每個人都有理由恨我，是我破壞了他們的生活，破壞了他們原本可以美好的未來。

都是我害的，都是我。

這樣的我甚至卑鄙地忘掉了很多事。

爲了不讓別人發現我的過去，我換了名字，拚命念書成爲一個好學生，因爲在別人眼裡，好學生不會殺人；就算已經忙得連睡覺的時間都沒有，我仍不時主動幫助他人，因爲在別人眼裡，熱心的人不會殺人；我戴上面具，壓抑眞正的情緒，幾乎不動怒，因爲我害怕生氣的自己是不是會再次拿起刀——

我所有的努力，都只是想證明自己是個好人。

就算那一點意義都沒有。

不知道自己究竟哭了多久，我走到洗手臺前洗了把臉，洗去臉上殘餘的淚痕，腳步沉重地走出女廁，一心想著自己得去和姬無也道歉。

「震驚全台的十歲女童弒父案，至今已過十年，據傳該女目前就讀於國內某間頂尖大學，在校成績優異，且擔任學生會長……」

走廊旁的病房門並未關上，電視新聞主播的嗓音清楚傳出，我猛然停下腳步。

不可能。

新聞裡說的那個女童，不可能是我。

茫然失措下，我走進了那間病房，無視病房內其他人朝我投來狐疑的目光，顫巍巍地來到電視前方站定。

螢幕上緊接著出現一張女孩臉部打馬賽克的照片。

那是我當初參選學生會長時使用的照片。

只要認識我的人都能看出來，那個女孩就是我。

「年僅十歲的女童究竟爲何拿刀弒父，她的心理狀況是否允許讓她在社會生活，又會不會對她身邊的同學構成潛在的危險……」

爲什麼？爲什麼是現在？爲什麼這件事會突然被爆出來？大家……是不是都看到了？他們知道我是殺人兇手了？而且、而且……我殺害的還是自己的父親，大家會怎麼看我？

怎麼辦？

我心中亂成一片，幾乎無法思考，跌跌撞撞地走出病房，搭電梯來到一樓。

遠遠地，我便看見姬無也頎長的身影佇立在醫院大廳，他背對著我，視線停駐在牆上懸掛的電視，上頭正播放著同一則新聞——

他看到了。

我到底該怎麼辦才好？

我沒辦法面對姬無也，他一定覺得我很可怕，他一定會對我感到很失望。

恐懼逼得我步步後退，眼前的世界驀地扭曲不成形。

不可以，我不可以繼續待在這裡……

在姬無也發現我以前，我轉身逃離了醫院。

天色已暗，路燈點亮街道，下班的人潮塡滿路面。

或許是我的錯覺，又或許是我神色驚慌、腳步蹣跚使然，每一個與我擦肩而過的人似乎都在盯著我看——他們的眼神是什麼意思？他們在懷疑我嗎？他們是不是發現了我就是那個可怕的殺人犯？

拜託不要再看我了！

我好想尖叫，卻只能拉起連帽外套，懦弱地把自己藏起來。

「像妳這種精神有問題、沒血沒淚的人，應該關在醫院等死，要不就是自己去給車撞死，不然哪天又突然發作，又會禍害其他人！」

「惡魔。」

我拚命地走著，越走越快，一心只想找到一個沒人會盯著我看的地方。

我有病。

我是惡魔。

我該死。

「該死的不是我，是妳！范好雨，妳死掉就好了。」

停在斑馬線上，我終於不再挪動步伐。

是不是只要我死了，所有人就會得到幸福？

口袋裡的手機反覆震動，好吵，煩死了。

「喂？」我接起手機，茫然地應聲。

「妳在哪裡！」那方大喊，同時喘著粗氣。

我嚇了一跳，幾乎拿不穩手裡的手機。

是姬無也。

「對不起。」我一開口，喉頭便湧上難言的酸澀，「對不起……」

對不起，我不應該對你那麼凶。

對不起，我不應該隱瞞你我的過去。

對不起，我是一個那麼糟糕的人。

「好雨，妳聽我說，我不在乎！妳在哪裡？我知道妳現在一定很害怕，我會陪著妳，一切都會過去，妳有聽到嗎？我不在乎！拜託妳告訴我妳在哪裡！」

「對不起……」

「不要跟我說對不起！」姬無也大吼，當他再次開口時，聲音竟帶上了哀求，「范好雨，不管發生什麼事，拜託妳不要離開我……」

我根本無法承受他這樣的轉變，如果沒有遇見我，姬無也不必如此。

「對不起……對不起……」我只能不停重複同樣的話語。

我不值得。

泣不成聲的我，漸漸再也說不出話來。

就算我再怎麼努力，我永遠都不會是個好人，也永遠無法擺脫那些我記不得的過去。

好累。

我眞的好累、好累了……

「好雨！」

恍惚之間，我下意識抬起頭。

姬無也就站在馬路的對面，似乎想向我跑來，我清楚地看見他臉上的驚恐與無助。

爲什麼他會露出這種表情？

伴隨著刺耳的煞車聲，一輛小貨車把我從馬路上撞飛，我整個人重重落在地上，瞬間失去了意識。

Chapter 8

轟然雷鳴，我在陰暗的房間裡驚醒。

窗外正下著大雨，忘記關上的窗戶引進了強風，窗簾劇烈擺盪，貼在牆上的一排獎狀和圖畫紙也被風吹掀了一角，啪啪作響。

我從床上坐起身，書桌緊鄰床頭，明明室內昏暗無光，我卻將壓在書桌透明墊下那張學習單上的稚嫩字跡看得一清二楚。

新翠國小歡迎第三十六屆新生入學

我是黃品筠，今年七歲，新翠國小一年五班。

我的爸爸是黃孝宏。

我的媽媽是范秋梅。

我未來的夢想是當老師。

這是……心頭閃過一絲異樣，窗外一道閃電劃過天際，隨之而來的響雷震耳欲聾，我嚇得整個人從床上跳起，抽抽噎噎地拽著身上的薄被奪門而出。

見樓下客廳的燈還亮著，我慌不擇路地想要奔下樓，卻被眼前所見嚇得停步在樓梯上。

「幹你娘咧！拿一些錢是要妳的命是不是！」

空氣裡瀰漫著濃濃的酒味，赤裸著上身的男人一巴掌把女人打飛出去，女人瘦小的身軀倒在地上，亂糟糟的長髮蓋住了她的臉，卻蓋不住她低低的啜泣聲。

「哭什麼哭！再哭再打！」男人大步上前，一手揪住女人的長髮，「叫妳給我錢很委屈是不是？我告訴妳，這是妳欠我的！妳就是我用錢買來的啦！」

說完，他厭棄地甩開她，就像甩開一條骯髒的破抹布。

再次倒在地上的女人，洋裝下襬掀起，露出遍布青紫的大腿。

男人赤紅的眼睛定定地看過去，呼吸漸漸變得沉重，接著整個人像是野獸似的撲在女人身上，扯開她洋裝的領口……

我愣愣地旁觀著這一切。

女人一雙眼睛空洞無光，只有淚水不斷流淌而出。

「媽、媽媽……」腿腳一軟，我在樓梯上蹲了下來，顫抖著脫口而出。

我想起來了，那個女人是我的媽媽。

而那個男人，是我的爸爸。

聽見我的叫喚，媽媽扭過頭來，瞥見蜷縮在樓梯上的我，立即臉色一變，奮力推開壓在她身上的爸爸，跌跌撞撞地向我跑來。

「品筠，」她一把將我摟入懷中，「不怕、不怕。」

「打雷好可怕……我好害怕……」我緊緊抱住媽媽，哭得好大聲。

瘦削的媽媽抱著我回到房間，坐在床邊柔聲安撫我重新入睡，她面頰紅腫，淚痕未乾，看著我的眼神充滿悲傷。

媽媽忽然低聲唱起一首我聽不懂的歌謠，歌聲因哽咽而斷續破碎，她卻仍堅持反覆吟唱。那是媽媽母鄉的歌謠，這首歌她不僅是唱給我聽的，也是唱給她自己聽的。

我在媽媽的歌聲裡安下心來，慢慢閉上了眼睛。

然而下一秒爸爸卻橫衝直撞來到我的床前，強拉著媽媽離開，我哭喊著要爸爸放開媽媽，爸爸卻置若罔聞。

沒過多久，隔壁房間傳來一下又一下的肉體撞擊聲，我知道那代表了什麼，那是媽媽正在受苦的聲響。

躺在床上的我，只能睜大眼睛望著天花板，無聲地流下眼淚。

✦

上一幕我才在朝會上從校長手中接過月考第一名的獎狀，下一幕我已經走在回家的路上。

四周的街景不知爲何看上去有些模糊，儘管如此，卻一點都不影響我認路。

這個路口左轉之後，只要穿過菜市場就可以回到家了。

午後的菜市場十分寂靜，攤商多已結束營業，鐵皮頂棚遮住了大部分的陽光，偌大的市場僅亮著幾盞燈，我背著書包獨自走向菜市場另一端的出口。

鄰近賣雞肉的攤子時，一隻小黃狗不知從哪兒竄了出來，把我嚇得半死。

我驚魂未定地抬頭，卻見雞肉攤一地血水，幾隻死雞頭歪嘴斜躺在地上，眼睛半張半闔，此時陳列臺旁邊伸出一雙布滿皺紋的手，一隻手挾住棕色母雞的雙翅，一隻手握著一把刀。

母雞叫得淒厲，一聲高過一聲。

那把利刃劃過母雞的脖子，鮮血如湧泉噴出，母雞歪著斷掉的脖頸，死不瞑目的眼睛正盯著我。

我猛地倒抽了口氣，嚇得掉頭就跑，卻怎麼也甩不掉腦海裡的畫面。

✦

晚餐的餐桌氣氛緊繃。

我捧著碗小口小口吃菜，爸爸一言不發地猛扒飯，媽媽碗裡的飯一口都沒有動過，她舉著湯匙哄弟弟吃飯，兩歲的弟弟卻一直不肯吃，還不斷發出尖叫。

「不會去旁邊餵嗎？吵死了！」阿嬤不悅地對媽媽破口大罵，「怎樣？不高興？不要老是裝作一副被人虐待的樣子，別人看了以為妳多可憐，實在有夠討厭！走開啦！」

媽媽怯怯地看向爸爸，爸爸連頭都沒抬，繼續吃他的飯。

幸好，弟弟這時終於安靜下來了。

「笨死了，怎麼這麼不會看臉色！煮這桌又是什麼東西？能吃嗎？」阿嬤鄙夷地瞪了媽媽一眼，轉頭又對爸爸發牢騷，「當初就跟你說不要娶越南老婆，國語不會講，她們哪個不是嫁過來騙錢的，又窮又騷，你都不知道她趁你出去工作的時候，偷偷跟哪個男人出去——」

「媽！」爸爸不耐地打斷阿嬤的話，「妳是很希望我當烏龜是不是？」

「也不是啦，我只是說誰知道……」阿嬤眼看自家兒子快要動怒，砲火再度對準了柔弱可欺的媳婦，「啊！就說你娶這個沒用了！瘦巴巴，一臉夭壽相，看了就倒彈，出去給人家上免錢的，別人都不想！」

「我覺得媽媽很漂亮。」我忍不住幫媽媽說話，「至少比妳漂亮。」

「品筠！」媽媽驚愕地想要制止我。

「妳剛剛說什麼？」阿嬤橫眉豎目地朝我看了過來。「我說，我媽媽很漂亮。」我才不怕，我要保護媽媽，「請妳不要一直說她壞話。」

「誰說她的壞話了，小孩子不要隨便亂講！」

「我沒有亂講！」我一心想著要跟阿嬤講道理，「阿嬤，妳每次來我們家都會罵媽媽，對她人身攻擊，也常常嫌她煮的東西不好吃，如果妳不想吃，以後可以不要來……」

「黃品筠！」爸爸臉色驀地一沉。

媽媽害怕地對著我搖了搖頭，要我不要再說了。

我不懂，我哪裡說錯了？爲什麼他們都不讓我說？

「妳現在是要造反了是不是？還敢叫我不要來？」阿嬤氣得整張臉都脹紅了，她飯也不吃了，起身走到媽媽旁邊抬手就是一頓打，「妳就是這樣教小孩的？教她這樣跟長輩說話？怎樣？覺得自己很委屈，跟小孩子說那些有的沒的，叫小孩子來忤逆我、給我難看是不是？」

「媽，對不起、對不起……」媽媽縮著身子求饒。

我沒想到事情會變成這個樣子。

爲什麼明明是我說話惹阿嬤生氣，卻是媽媽被打呢？

「是我自己說的！媽媽沒有教我！妳不要打她！」我大力推開阿嬤，雙手大張擋在媽媽身前。

「好啊！這樣我就打妳！」

眼看阿嬤高高揚起的那隻手就要打在我的臉上，我下意識緊閉雙眼，不料卻是媽媽撲過來爲我挨了那一掌。

當我睜開眼，看見媽媽手臂上的紅痕，我忍不住哭了出來。

阿嬤宛如發瘋似的揪著媽媽猛打，媽媽不敢反抗，只能把自己縮得好小好小，好像這樣就會比較不痛一樣。

明明我是想要保護媽媽的，為什麼反而讓她受到更多的傷害？
我做錯了什麼？我是不是害了媽媽？
對不起，媽媽，我以後不敢了。
我再也不會這麼做了。

✦

哐啷，樓下傳來酒瓶碎裂的聲音。
緊接著是一陣男人的大吼大叫。
爸爸又在發酒瘋了。
坐在書桌前的我，在心裡大聲念著國語課文。

✦

隔壁房間又響起肉體的碰撞聲了，男人的粗喘聲和呻吟聲，都透過薄薄的牆板傳了過來。
好噁心。
我翻過身，用枕頭把耳朵蓋住，死死閉上眼睛。

學期末的大禮堂響起掌聲，我在眾人的稱羨裡走到臺上，從校長手中接過模範生獎座。

那年，我國小三年級。

✦

媽媽第一次被送進醫院，流了好多血。

她跟醫生說她不小心跌倒了，醫生問我是不是眞的，我點了點頭。

✦

阿嬤又來家裡住了，這次不管她用什麼難聽話罵媽媽，我都沒有回嘴。

✦

爸爸最近好像很早下班，我放學回家都會看見他在客廳看電視。

✦

凌晨兩點，爸爸又在打媽媽了。

好吵。

✦

爸爸把媽媽夾在我連絡簿裡的班費偷走，我成了班上唯一一個沒繳班費的人。

✦

有一天，我洗澡出來的時候，發現爸爸站在浴室外面。

他說我洗得太久了。

✦

隔天也是。

✦

媽媽又被打了。

她跑來我的房間裡一直哭，繼續這樣哭下去，她的眼睛會不會哭出血來？

如果……爸爸不在就好了。

看著渾身是傷的媽媽，我忍不住這麼想。

✦

我每天都熬夜看從圖書館借來的犯罪小說。

死掉是什麼感覺？會痛嗎？

那，殺人呢？

放學後，我開始躲在雞肉攤附近，偷偷觀察老闆娘如何殺死一隻又一隻母雞。
老闆娘有一次發現了我，很不高興地把我趕走。

✦

我藏了一把美工刀在枕頭底下。
每天晚上，我都會想像自己拿刀割開母雞的喉嚨。

✦

爸爸突然說要帶我去買新衣服。
我討厭爸爸，我才不要他的禮物。
是我的錯覺嗎？我有時候會覺得，他看著我的眼神突然變得好可怕……

✦

又一次半夜從睡夢中驚醒。

房裡好安靜，只聽得見我因爲害怕而變得急促的呼吸，我沒來由地感到不安。

喀啦。

有人旋開了門把，即使再怎麼放輕力道，木板門仍在開啓時發出了小小的嘎吱聲。

來人呼吸粗重，帶著一身熟悉的酒味。

是爸爸。

我不曉得他來我的房間幹麼，但直覺要我閉上雙眼，絕對不要睜開。

「品筠？」他輕輕喊了我的名字，好溫柔。

……也好可怕。

我捏緊被子裝睡，沒有回應。

趕快走。

快點走。

拜託，快點滾出去。

偏偏事與願違。

這是我第一次體會到何謂眞正的恐懼。

爸爸整個人壓在我身上，他粗糙的手伸進我的睡衣底下，他的掌心好熱、好燙、好可怕，我驚恐地睜開眼睛，腦袋一片空白，嘴裡一點聲音都發不出來。

他想扯下我的褲子，卻因爲我的抵抗一再失敗。

爸爸很生氣，重重甩了我一巴掌。

除了嗡嗡的耳鳴，我忽然聽不見任何聲音了，接下來所發生的一切變得更加駭人。

我想到他對媽媽做的事，想到媽媽痛苦的神情，我開始哭泣，卻不知道自己是否有哭出聲音，爸爸扯掉我的褲子和內褲，用力扒開我不斷踢蹬的雙腿——

母雞被利刃割斷喉嚨的畫面倏地閃過腦海，我想起枕頭底下的美工刀。

爸爸脫下他的褲子。

我找到了刀子。

「啊——」

我又可以聽到聲音了，那是媽媽發出的尖叫，那聲尖叫飽含了悲憤與痛苦。

媽媽把爸爸從我身上拉開，像發了瘋似的拚命打他，然而身材瘦弱的她，力氣根本不及體型大上她一倍的爸爸，她再度被爸爸壓著揍，她的臉很快就被打腫了。

今天的媽媽沒有哭泣，她的眼神和以往很不一樣。

我看見她從口袋裡抽出了某樣東西，悄悄緊握在手中，就算被打得唇角出血，她仍緊抿雙唇，死死瞪著那個名義上是她丈夫的男人。

她在忍耐，也在等待。

等待一個機會。

揍人也是會累的，好不容易等到爸爸氣喘吁吁停下了揍人的拳頭，媽媽猛地抬手，毫不猶豫地將那樣東西用力插進了爸爸的脖頸。

爸爸發出一聲極短促的嗚咽。

喝醉的他似乎還搞不懂發生了什麼事，他一臉茫然，張大了嘴巴卻叫不出聲，隨後就像一頭被打了鎮定劑的野獸，整個人歪斜而緩慢地側倒在地上。

鮮血汩汩流出，一把和我手裡一模一樣的美工刀，直挺挺地插在爸爸的脖子上。

✦

十歲的小孩可以做什麼事？

人們相信，十歲的小孩可以上大學、可以開發軟體、可以當教授、可以改變世界——但沒人相信，十歲的小孩竟然可以殺了自己的爸爸。

「是我殺了爸爸。」那天之後，我不斷重複這一句話。

爸爸被殺的當晚，在打電話給警察之前，我做了所有我能想得到的準備，包括仔細將美工刀擦拭過好幾遍，再按照媽媽握刀的方式，在刀上印下我的指紋，以及編派一套說詞，並說服媽媽按照我說的話去做。

我告訴警察，那一晚，爸爸一如往常地對媽媽施暴，媽媽縮在角落哭泣，沒發現喝醉的爸爸跑來我的房間想要強暴我，而我為了自保，只能拿出預藏在身上的美工刀殺死爸爸，媽媽聽到聲響趕過來查看的時候，爸爸已經回天乏術。

也許世界上真的有神。

這一次，祂終於聽見了我的聲音。

現場鑑識、驗傷結果，以及我身上採集出的檢體，再再證實了我的說詞，即便如此，他們依然難以置信，一個十歲小女生膽敢拿刀殺死親生父親。

他們問我，為什麼我會隨身帶刀？

我坦承自己早就計畫行凶已久，我討厭爸爸老是欺負媽媽，想著總有一天要殺了他。我還把自己去菜市場學習怎麼殺人的事情一併全盤托出，雞肉攤的老闆娘也宣稱，她曾經見過我躲在附近偷偷觀察她如何宰殺母雞。

檢警當然懷疑過爸爸會不會是媽媽殺的，但媽媽的證詞與我幾乎一致。

他們也找來了心理諮商師，想要突破我和媽媽的心防，但或許是我想要保護媽媽的心情太強烈，又或許我真的相信自己殺了爸爸，測謊結果竟然一點破綻也沒有；而媽媽雖然被測出了存有殺夫的意圖，但因現場證據不足，不能判定她是否殺了人。

再說，美工刀上的指紋是我的，具備行凶動機，犯罪自述完整且不反覆，頂著巨大的壓力說謊並不是十歲小孩能夠輕易辦到的事。至於一個小女生在做足準備、安全受到威脅的情況下，是否有足夠的力氣殺死一個成年男性，檢警也不敢妄下論斷。

由於證據確鑿，再考量案件的特殊性，法院在短短三個月內便做出了判決。

如同我在犯罪小說裡看到的一樣，年僅十歲的我，不需擔負刑事責任，僅能依少年事件保護法將我列爲重要個案，交付安置機構進行輔導，爲期兩年。

「品筠，對不起，媽媽對不起妳……」

離開家裡的那天，媽媽抱著我哭了好久。

不只是因爲她捨不得我被社工帶走，也因爲再過幾天，她便得在阿嬤的逼迫之下，把我和弟弟留在台灣，獨自一人回到越南。

看著哭成淚人兒的媽媽，我一滴眼淚也沒有掉。

我笑了，爲她抹去不停落下的淚水。

「媽媽，妳要幸福喔！」

那是我和她說的最後一句話。

從此以後，我再也沒見過媽媽。

✦

安置機構的社工郭哥哥說要幫我取新的名字，象徵新的開始。

基於保護未成年人的立場，新聞媒體不能報導案件的相關細節，我的身分並未在媒體上曝光，然而悠悠之口是杜絕不了的，鄰居、同學、師長，所有認識我的人，都知道我做過了什麼事。

改名換姓是讓我擺脫過去最簡單的方法，社工哥哥本來是想請阿嬤爲我做這件事，阿嬤卻不願意，她恨不得全世界都知道是我殺了她兒子。

「范好雨。妳覺得這個名字怎麼樣？」某天，郭哥哥興奮地跑來圖書室找我，手裡拿著一本唐詩，「范是妳媽媽的姓。好雨，這兩個字出自於杜甫的詩句——好雨知時節，當春乃發生。一場及時雨會在春天降下，滋潤世間的萬物。換了這個名字，春天很快就會來了！」

我隨口就答應了，反正叫什麼名字都沒有差別。

看了一眼窗外淅瀝瀝的大雨，我低下頭，繼續翻著書本。

雨不停地下。

春天一直沒有來。

✦

我開始做惡夢。

不對，也許我本來就活在惡夢裡。

某天醒來，我發現爸爸還活著，媽媽仍舊過著每天挨打的日子；阿嬤來家裡的那一天，我再次挺身替媽媽說話，換來了同樣的結果；我開始到市場偷看雞肉攤老闆娘殺雞，把美工刀藏在枕頭底下，爸爸差點強暴我，媽媽出現，殺死爸爸，警察訊問，法官判刑，與媽媽分別，從「黃品筠」變成了「范好雨」。

當我醒來，一切再度重頭來過。

喝醉發酒瘋的爸爸，隱忍度日的媽媽，口出惡言的阿嬤，死掉的母雞，爸爸混濁的雙眼，媽媽拿刀插進爸爸的脖子，汩汩鮮血從脖子不停流出來，透過窗戶照進家裡的警車藍紅燈束，媽媽抱著我的雙手，黃品筠，范好雨……

然後，又重來。

爸爸，媽媽，阿嬤，母雞，血，警察，法官，社工……

「范好雨。妳覺得怎麼樣？」郭哥哥興奮地跑來圖書室找我，手裡拿著一本唐詩，「范是妳媽媽的姓。好雨，這兩個字出自於杜甫的詩句——好雨知時節，當春乃發生。一場及時雨會在春天降下，滋潤世間的萬物。換了這個名字，春天很快就會來了！」

我看了他一眼，這個社工哥哥一直對我很好。

「嗯。」於是，我點了點頭。

其實我覺得那個名字有點奇怪，但我不想讓他失望。

「眞的？妳喜歡嗎？太好了！」郭哥哥發出勝利的歡呼，「那我現在就去跟老師媽媽說，在妳轉學到新學校之前，得趕快幫妳改名字才行。」

看著社工哥哥跑出圖書室的背影，我心裡有種怪異的感覺。

爲什麼我好像曾經經歷過這些呢？

歪了歪頭，我沒有多想。

窗外淅瀝瀝的雨聲吸引了我的注意，聽說最近是梅雨季節，像這樣的大雨已經下了好多天，老師媽媽上次帶我們種下的蔬菜不曉得怎麼樣了？喝太多水會不會死掉？

死掉，又是什麼感覺呢？

一股複雜的情緒瞬間湧上心頭，混合了悲傷、恐懼，以及不安，還有其他我說不出來的什麼，我忽然覺得好害怕、好想逃，像是有人正從後面追著我，我卻不知道那個人是誰。

猛然倒抽口氣，我回過頭，發現有人站在圖書室門口。

「你是誰？」我警覺地問道。

對方是個高高的男生，看起來和郭哥哥的年紀差不多，但他留著長頭髮，身上穿的衣服也很奇怪，那是……古裝嗎？

「好雨，妳好嗎？」

「誰是好雨？」

我眉頭一皺，忽然想起那是郭哥哥替我取的新名字，可是這個人怎麼會知道？是郭哥哥跟他說的嗎？

「你是誰？你是郭哥哥的朋友嗎？」我迷惑地看著他。

「我是姬無也。」他說。

姬無也？聽都沒聽過。

但他跟我說了他的名字後，我稍稍放下戒心，他大概是郭哥哥的朋友吧。

「喔，我不認識你。」

「妳還不認識我。」他微笑，糾正我的說法。

我聽不懂他的意思，覺得有點奇怪，但也不是很想弄懂。

反正他應該是來找郭哥哥的，跟我又沒有關係。

我再次低下頭，繼續翻看起膝上的書本。

「妳在看什麼？」沒想到，姬無也竟然跑過來跟我搭話，彷彿和我很熟似的，

「《麥田捕手》？妳才幾歲，看得懂這個故事在說什麼嗎？」

「不關你的事。」老實說我看不懂，只是打發時間而已。

不知道爲什麼，有些我明明沒看過的書，讀了幾頁卻又覺得好像有看過，我很討厭

那種感覺，幾次下來便開始選擇一些本來不感興趣的書讀。

姬無也沒再說話。

我們就這樣安靜了好一陣子，只有雨聲淅瀝。

「好雨。」忽地，姬無也又開口了。

他還是叫我「好雨」，他似乎比我還要熟悉這個名字。

我花了一點時間才願意回應，「……幹麼？」

「妳現在好一點了嗎？」他問。

什麼好一點？

我愣住了，捏著書頁，遲遲無法翻到下一頁。

他爲什麼要問我好一點了嗎？我又怎麼了嗎？他是以什麼角色在問我這個問題？他眞的只是郭哥哥的朋友？難道郭哥哥跟他說過我的事？郭哥哥不是向我保證過，他絕對不會說出去嗎？

「你到底是誰啊！」我忿忿起身，膝上的書本隨之掉到了地上。

那種可怕的感覺又出現了。

姬無也看著我的眼神好可怕，就好像他知道所有的事，即使我再怎麼努力直起身板迎上他的目光，悄悄發抖的手仍洩漏了我內心的恐懼。

「爲什麼妳還不願意醒過來呢？」他的語氣帶著我不明白的哀傷。

他這句話是什麼意思？什麼醒過來？

「我、我聽不懂你在說什麼……我……」我才開口，莫名的屈辱感一下子衝擊了我，「我不要理你了！」

我逃跑了，急著逃出姬無也的視線範圍。

然而，我馬上就發現自己不知道要往哪裡去。

呆站在圖書室前的走廊，心中頓覺一片茫然。

爸爸死了。

媽媽走了。

這個世界上已經沒有我的家了。

我並不懷念以前的家，我還是討厭那個地方，討厭喝了酒就打人的爸爸，討厭那個家害媽媽活得沒有尊嚴，討厭那裡的一切一切……但我就是忍不住會想起媽媽在廚房做早餐給我吃，想起我們一起去買菜，我甚至會想起爸爸偶爾對我笑的樣子。

如果那件事沒有發生，如果我願意忍耐，如果爸爸沒死，那會不會有一天，我們家還是有機會變得幸福和樂？這是不可能的，對吧？

即便對此心知肚明，我卻一直無法控制自己這麼想。

我是不是很奇怪？是不是不正常？

手心忽然傳來一股暖意，我迷茫地抬頭望去，是姬無也牽起了我的手。

「沒事，妳還是妳。」姬無也溫柔地看著我，眼神堅定，「我會一直陪著妳，直到妳願意醒來。」

我聽不懂姬無也在說什麼。

可不知為何，我覺得很安心。

✦

那天之後，姬無也每天都會來找我。

一開始我不怎麼搭理他，他也沒生氣，就只是陪我看書、畫畫、上課，還有一次，姬無也竟然帶我去釣青蛙，胖嘟嘟的青蛙咬繩而上，我嚇得驚訝大叫，他倒是笑到差點跌入池塘。

姬無也告訴我，小時候他爺爺常常帶著他在山上到處玩，其中一項活動就是釣青蛙。

望著姬無也笑咪咪的側臉，我還是覺得這個人很奇怪，可我好像已經漸漸習慣了他的陪伴。

姬無也總是在下午三點出現，總是綁著小小撮的馬尾，總是在T恤、牛仔褲外面罩著一件長袍，總是掛著淺淺的微笑來到圖書室，輕而易舉找到坐在窗邊看書的我，跟我說一聲哈囉。

「哈囉，好雨。」

看吧，他又來了。

「……你好。」我還是不太習慣新名字。

「今天想看什麼書？」姬無也面向書架，隨手把書一本本抽出來又放回去，「《哈利波特》？《魔戒》？《向達倫大冒險》？」

「你不去找郭哥哥嗎？」我不答反問。

「妳還不懂嗎？」姬無也笑了笑，「我是來找妳的。」

「我又不認識你。」我回嘴，臉上莫名有點熱熱的。

「妳還不認識我。」他又一次糾正我，「好雨，妳不想和我當朋友嗎？」

朋友？跟他？

我忍不住皺眉，「你是哥哥。」

「原來妳在乎的是年紀？」姬無也噗哧笑出聲，「小老太婆，年紀一點都不重要好嗎？」

「誰是小老太婆，你才老！」

「兔子死掉了！」圖書室外的走廊突然傳來一聲大喊。

我愣了愣，趕緊放下書本，著急地跑了出去。

老師媽媽在後院養了五隻小兔子，規定住在機構裡的人每天都要輪流餵食，今天正好輪到我負責，但我早上去餵牠們的時候，小兔子都還好好的啊？

來到後院，我呆呆地站在籠子前面，腦袋一片空白。

三隻小兔子眼睛半閉，舌頭外露，躺在籠子裡一動也不動。

「好雨？」姬無也也跟過來了。

「小兔子死了。」看著其中一隻小兔子閉不上的眼睛，我喃喃低語，「都死了……」

「是不是生病了？牠們……」

「都是我害的！」我攥緊拳頭，突然大喊：「都是我害的！」

「不是！」姬無也的聲音很慌張，急著朝我走近，「不是妳害的！」

「不然牠們怎麼會死？」我整個人都崩潰了，雙手抱住疼痛不已的頭，聲嘶力竭地大叫，「是我害死牠們的！是我！」

我腦中驀地浮現媽媽把美工刀插在爸爸脖子上的那一幕，爸爸的脖子噴灑出好多血，牆上、地上都是，爸爸的眼睛始終沒有完全闔上，他是死不瞑目吧？他是在怪我害死他吧？

「好雨……」

「不要叫我范好雨！我是黃品筠！」

沒錯，我不該換名字的。

換了名字會改變什麼嗎？就算換了名字又怎麼樣？我還是那個毀了全家的黃品筠……我怎麼可以忘記？我怎麼可以逃避？

都是我的錯！我必須記住自己身上背負的罪名！

「好雨，那不是妳的錯。」姬無也握住我的肩膀。

「是我的錯！要不是因爲我，媽媽也不會殺了爸爸……」

「她是爲了保護妳！」姬無也大吼，逼我迎向他的視線，「妳媽媽深愛著妳和妳弟弟，就算她過得再辛苦，也不容許妳受到一分一毫的傷害，妳不也抱持著同樣的想法，所以才會不顧一切替媽媽攬下罪名，不是嗎？」

「媽媽，妳要幸福喔！」

我保護了媽媽嗎？

爸爸試圖侵犯我的時候，我沒有哭；媽媽殺死爸爸的時候，我沒有哭；面對檢警的偵訊，我沒有哭；就連在與媽媽分開的那一天，我都沒有落下一滴眼淚。

現在的我卻哭了，我被沉重的罪惡感壓得喘不過氣。

如果沒有我就好了，這樣媽媽可能早就離開爸爸了，不用每天膽戰心驚、忍氣吞聲，更不用承受阿嬤的惡言惡語，我想保護她，卻讓她傷得更重。

媽媽為了保護我，讓自己的雙手沾上了鮮血……我所能做的，只是頂下罪名，還給媽媽一個重新獲得幸福的機會。

「好雨，我們醒來，好嗎？」

姬無也將我擁入懷中，我緊緊揪著他胸前的衣服不放，止不住淚水滑落。

醒來的話，惡夢就會結束嗎？

我不敢問出口。

✦

睜開眼時，我花了一點時間才適應房間裡明亮的光線。

「好雨？醫生！快點叫醫生過來！好雨醒了！」萬萬的聲音聽起來很慌張。

我發現自己躺在病床上，床邊圍繞著幾個人，萬萬、小鴿、元尚旭，以及一名紮著小馬尾、身穿長袍的男生。

看著那名男生，我遲疑地開口：「……請問你是誰？」

在場其他人全都傻住了。

除了那名男生。

他緊抿雙唇，一句話都沒有說。

Chapter 9

聽說，那場車禍讓我足足昏迷了四天之久。

除了大大小小的挫傷以外，我沒有受到太嚴重的傷害，大家都說這是奇蹟，要我出院後趕緊去廟裡拜拜，感謝神明保佑。

我並沒有告訴醫師，我的記憶似乎出了問題——事實上，我不確定「想起來」是不是一個問題。

我想起了十年前那段曾經被我遺忘的過去，包括所有的細節。

然而，卻唯獨忘記了姬無也這個人。

自那天我在病房醒來之後，我就沒再見過姬無也了，就連我向萬萬他們問起姬無也的事，大家也都迴避不提。

他是誰？爲什麼我只忘記他一個人？

我邊想著這件事，邊走在前往教室的路上。

「請幫忙連署！」

「維護你我權益！請幫忙連署不適任學生會長下臺！」

幾名穿著黑色T恤的學生一邊大喊，一邊分發傳單和連署書給路過的學生，旁邊的牆上還貼著長型布條，布條上寫著：

殺人犯學生會長下臺！滾出校園！

人來人往間，有人眼尖發現了我，很快地，那些或是好奇或是鄙夷或是嫌惡的視線，齊齊落在了我的身上，甚至有人肆無忌憚地拿出手機對著我拍。

我不閃不躲，迎向他們每一個人的目光。

「看屁啊！」

萬萬不知從哪冒了出來，對著那些人啐了一口，她急急忙忙把我帶離人群，來到學生會辦公室，一打開門，裡頭早已坐滿了人。

「好雨……」小鴿一看到我就站了起來。

其他人卻一聲不吭，面色凝重，我很快明白自己面臨的是什麼樣的情況。

「好雨，我們先坐下吧。」萬萬輕扯我的衣袖，小聲說道。

不等我回應，其他人倒是先出了聲。

「會長，新聞說得是眞的嗎？」

「學校知道這件事嗎？」

「妳眞的殺過人嗎？」

萬萬氣得當場拍桌，「喂！你們能不能有點禮貌！」

「沒關係，我沒事。」我按住萬萬的手，深吸口氣，沉聲說：「新聞說得沒錯，我的確殺了我的爸爸。」

小鴿和萬萬瞪大雙眼，一臉不敢置信。

其他人臉上寫滿了恐慌、驚駭、輕蔑，還有人緊張地瞄了眼我的背包，似乎擔心裡面會不會藏著一把刀。

面對眾人這樣的反應，我並不驚訝。

「會長，妳為什麼要殺了妳爸啊？」有人大聲問道，表情帶著顯而易見的八卦意味。

「即便我承認了犯下的罪，也不代表我必須和你解釋我的過去。」我定定地看著那個人的眼睛，直到他狼狽地側轉過頭，不敢繼續與我四目相交。

接著我環顧會議桌上的眾人，緩緩說道：「當年經法院判決，我在安置機構接受為期兩年的心理輔導，我的精神狀況沒有問題，可以正常生活，我不曉得學校知情與否，但對於自己入校至今的表現，我問心無愧。」

眾人面面相覷，一時無語，直到一名公關部成員率先打破沉默。

「有些話不是妳說了算，妳不跟我們解釋，我們要怎麼跟校內其他學生解釋？」

其他人聽了，紛紛七嘴八舌起來。

「就是說啊，現在不是講求隱私的時候吧？」

「要是早知道的話，誰會選殺人犯當學生會長，根本詐欺……」

「殺了人還一副堂堂正正的樣子耶？」

面對學生會同仁的指責與不滿，我本來以為成為眾矢之的的我會感到畏縮，可沒想到，我竟然一點也不害怕，相反地，我心中竟倍感荒謬與厭煩。

事實上，我根本不明白自己爲什麼要站在這裡解釋這些。

「所以，你們希望我怎麼做？解釋？道歉？我應該坦承到什麼程度，你們才會滿意？你們想知道我殺人的原因？那是不是連我是怎麼下手的都要說出來，好讓你們判斷我值不值得原諒？」

當初我究竟是爲了什麼才當學生會長？

原因很簡單，我想讓別人認爲我是一個好人。

但我想得太天眞了，一旦得知我的過去，我在他們的眼裡就不可能會是一個好人。

「你們說得都對，沒有人會想選殺人犯當學生會長。既然如此，我於即日起正式卸下學生會長一職。」我平靜地說。

事到如今，我已經不需要再假裝成好人了。

「好雨！」小鴿和萬萬又一次震驚不已。

學生會其他成員大概沒料到我會如此乾脆地退出，頓時掀起一片鼓譟。

但我沒有耐心繼續待在這裡，我不想要、也不需要解釋更多了。

此時此刻，我還有更想去的地方。

向眾人鞠了個躬，我毅然轉身走出學生會辦公室。

「范好雨！」

只是才走沒幾步，就被人從背後叫住。

我循聲回頭，就見林孟謙氣勢沖沖地向我走來。

「跟我過來。」林孟謙不由分說便把我拉進一旁逃生門裡的樓梯間。

「放開我！」我甩開他的手。

「是朱采蓁做的！」他劈頭就是一句。

「什麼？」我皺起眉頭。

「是她從認識妳的人口中聽到傳言，也是她把消息透露給記者，就連現在這場抗議活動都是朱采蓁號召的，這一切都是朱采蓁搞的鬼！」林孟謙的怒吼在昏暗的樓梯間迴盪。

我靜靜地看著林孟謙，一語不發。

「我早就警告過她不准這麼做了。」林孟謙似乎誤解了我的沉默，連忙解釋，「朱采蓁根本有病！她想毀了妳！好雨，妳不要擔心，我一定……」

我聽不下去，打斷林孟謙的話，「我知道是朱采蓁做的。」

林孟謙一時愣住了，「妳知道？」

那件事已經過去了這麼多年，卻毫無預兆地重新登上媒體炒作，明顯是有人在針對我，況且早在朱采蓁住院那時，她便表明她很清楚我的過去，並且不會輕易放過我。

若是問我，我恨她嗎？恨她把我的過去公諸於眾？

當然，我不是聖人，我對她不可能沒有不滿。

但是……

我看著林孟謙，心裡很是複雜。

「林孟謙，你和朱采蓁是什麼關係……不，我應該問，你對朱采蓁做了什麼？」

「沒有！我和她沒什麼！」林孟謙表情倏地一變，隨即又改口，「好雨，妳聽我說，那是意外！我喝醉了，我根本沒有記憶！」

「但你確實和她發生了關係，對吧？」

「那是因為我把她誤以為是妳！我也想過要負起責任，答應與她交往，我以為自己可以慢慢喜歡上她，可是不行的事就是不行，我沒辦法忍受跟一個不喜歡的人在一起……好雨，妳明明知道我喜歡的人一直都是妳！」

林孟謙沒有說謊，他和朱采蓁的說詞是一致的。

但那又怎麼樣呢？那是林孟謙和朱采蓁之間的事，為什麼要把我牽扯進去？為什麼林孟謙不喜歡朱采蓁，朱采蓁就要把求而不得的怒氣發洩在我身上？

「好雨，妳聽我說，我不相信妳曾經做過那件事。」林孟謙話鋒一轉，語氣帶著急切，「那都是朱采蓁亂說的，對不對？妳跟我說實話，我一定會動用我家所有的人脈，替妳討回公道！」

「如果是真的呢？」

「什麼？」林孟謙反應不及，愣愣地看著我。

我只是更堅定地再問一次，「如果我真的殺過人呢？」

林孟謙眼神動搖，「不、不可能。」

「新聞都報導了，為什麼不可能？」

「妳不是那種人！妳一直都那麼完美！」林孟謙開始慌張了，他迴避我的目光，「好雨，妳不要鬧了，這不是可以開玩笑的事。」

「是眞的，林孟謙，我殺過人。」我的語氣帶著幾分疲憊，今天這句話我得說幾次？

「不可能！」林孟謙不願相信，兀自喃喃道：「妳騙我，妳一定是在騙我！」

林孟謙認識的那個范好雨，或者說他心裡想像的范好雨，一直都不是眞正的我，他所認定的范好雨完美無缺，不可能會是殺人兇手。這個部分我自己也有責任，我始終在他面前戴著面具，不能怪他看不見眞正的我。

「林孟謙，我……」我向林孟謙走近一步，他整個人卻像是觸電般往後退了一步。

他害怕我的靠近。

意識到這一點，我突然有點想笑，心裡卻不由得酸澀了起來。

「別怕，我只是想跟你說聲謝謝。」我揚起微笑，和他保持一定的距離，「我自己的事情，我自己解決。至於你，還是好好跟朱采蓁談一談吧。」

很抱歉，我不是你心目中完美的范好雨。

而我也永遠不會是。

✦

「姬無也！」

匆匆推開十八號室大門，裡頭只有元尙旭一個人。

他看到我也不驚訝，只是招呼我坐下。

「學姊是來找社長的嗎？」元尙旭端了杯熱茶給我。

「嗯，姬無也……他不在嗎？」這個名字眞的好奇怪，我努力忽略心口莫名滋生的異樣情緒。

「社長有課，晚一點才會過來。」

我看了一下時間，距離下課還有半個小時。

桌上的茶碗飄散著甜甜酸酸的杏桃香味，這股香味我似乎曾經在哪裡聞過。

「這是什麼茶？」

「這是美夢成眞茶。」元尙旭說道。

我啜飲一口，「我好像喝過。」

「社長可能泡給妳喝過吧。」元尙旭的面癱臉上隱約流露出一絲擔心，「學姊，妳眞的不記得社長了嗎？」

我沒說話，這正是我來這裡的目的。

「果然是待太久了啊……」元尚旭喃喃自語。

「什麼待太久？」

「之前我不是跟學姊說過嗎？啊，妳可能不記得了……」元尚旭抓了抓頭，「人不能在夢裡待太久，否則會陷在夢裡出不來。」

元尚旭說的每一個字我都能聽懂，卻不解其意，我這才驚覺自己忘記的事，或許比我以爲的還要多。

儘管心裡有點慌張，但我並不想表現出來，「陷在夢裡出不來會怎麼樣？」

「會出現一些後遺症。社長說過，後遺症不一定只會出現在入夢者身上，以學姊的情況來說，後遺症是發生在沉睡者身上，雖然妳從夢裡醒來了，卻產生記憶的缺失。」

「我是沉睡者？那入夢者是誰？」

「就是社長啊。學姊是沉睡者，社長是入夢者，學姊昏迷的時候，就是社長把學姊從夢裡帶回來的。」元尚旭耐心爲我解釋。

「咦？這不是范同學嗎？」

盧佳嬿踩著高跟鞋推門走進十八號室，姬無也跟在她的身後，慢她一步走了進來。

「妳已經出院了？怎麼不多休息幾天再來學校呢？」

我禮貌性地向盧佳嬿笑了笑，並未接話，我向來不擅長應付這種自來熟的人。

姬無也的裝扮和先前在病房裡見到他那次一樣，紮著頭髮，黑衣黑褲外面罩著一件古風長袍，讓人忍不住想多看他幾眼。

姬無也卻始終沒有看我。

我有種很明確的感覺，他在躲我。

「姬無也，我——」我主動開口。

「盧小姐，我們到裡面談。」姬無也假裝沒聽見，逕自領著盧佳嫵走進那幾扇詭異至極的大屏風後方。

不一會兒，元尙旭有課先離開，留我一個人在屏風外等待。或許是姬無也和盧佳嫵兩人有意壓低聲音，我聽不見他們在屏風後方的談話，只能坐在椅子上怔愣出神。

元尙旭說，我在夢裡待得太久了，是姬無也從夢裡把我帶回來的，但他也說了，後遺症可能會發生在身爲沉睡者的我身上，也有可能發生在身爲入夢者的姬無也身上。

既然如此，姬無也爲什麼要爲我冒這個險？

他跟我是什麼關係？

此時盧佳嫵從屏風後走了出來，笑吟吟地和我揮了揮手，說她有事要先走了。

我回過神來，連忙向她點點頭，算是道別。

姬無也也從屏風後走出來，定定望著盧佳嫵離開時順手掩上的門，不知道在想些什麼。

直到我輕咳一聲，他彷彿這才意識到我的存在，一邊整理衣袖，一邊漫不經心地回過身來。

「找我有事？」

「嗯。」我目不轉睛地盯著他。

姬無也終於迎向我的目光，語氣漫不經心，「哦？所以有什麼事嗎？」

他這番一而再、再而三的刻意作爲惹惱了我。

「這個社團是做什麼的？」我故意不直說來意。

「妳等我等了這麼久，結果只是來社團調查？眞不愧是學生會長，好認眞啊。」姬無也失笑，兩手一攤，「也沒做什麼，研究夢境囉。」

「單獨和異性待在小空間裡研究夢境？」我忍不住出言嘲諷，「還眞有學術涵養。」

姬無也倒是不惱，「如果妳想，我也可以和妳一起研究啊。」

我皺起眉頭，「什麼？」

「我可以陪妳睡覺。」姬無也往前一步，抬手勾起我的下巴，「第一次，算妳免費。」

「你──」我閃開他的碰觸，氣憤地揚起了手。

姬無也卻只是似笑非笑地望著我，像是十分期待我會打他似的。

那不是一般人會有的反應。

我遲疑地收回手，想不明白是怎麼回事。

「不打了嗎？」姬無也問，嘴邊仍隱約有著笑意。

「姬無也……你是被虐狂？」

「當然不是。」姬無也挑眉，摸了摸自己的臉頰，「只是覺得要是能被妳一掌打醒也好。」

什麼意思？

爲什麼我覺得他話裡似乎意有所指？

「大家都說我忘了你。」我不想再繞圈，直接了當地問道，「姬無也，你到底是我的誰？」

「我說了，妳就會信嗎？」姬無也歪歪頭，不願正面回答。

「你是我唯一忘記的人，你總得告訴我……」

「我是妳從小失散的親哥哥。」

我傻眼，「什麼？」

「啊，不對，我是妳的高中學長。」姬無也立刻改口。

「我讀的是女校！」

姬無也聳了聳肩，「好吧，其實我是妳男朋友。」

我不信。

我的表情一定清楚表現出內心所想，因爲姬無也沒再說下去。

「看吧，說了妳也不會信。」姬無也低笑一聲，稱許似的點了點頭，「這樣是對的，妳不需要聽信別人的話來填補記憶的缺口，那樣很危險。」

我被他弄亂了思緒，好一陣子無法言語。

「比起我是誰，妳應該還有其他更重要的事想問我吧？」

更重要的事。

姬無也一定不知道，他說這句話時，眼中瞬間閃過一抹痛楚。

「我能恢復記憶，和你有關嗎？」我深吸了口氣，「就是元尚旭說的，入夢？」

姬無也搖頭，「是妳自己想起來的，跟入夢無關。」

「但我只記得自己做了一場很長的夢！夢裡的我回到小時候，也就是十年前……你說你研究夢境，那你可不可以告訴我，我夢到的那些是真的嗎？那些能算是我的記憶嗎？」我漸漸激動了起來，「那些會不會只是夢而已，現實根本不是那樣，一切都是我幻想出來的？」

「曾經發生過的事情不可能忘記，只是暫時想不起來而已。」姬無也淡然一笑，「《神隱少女》的臺詞，這部動畫我看了好多遍。」

「姬無也，我沒有心情跟你閒聊……」

「記憶不會消失，它最終會以某種形式被重新想起。」姬無也一改先前的輕浮，看著我的眼神變得複雜，「當然，妳的記憶也是。」

「所以那場夢裡的事都是眞實發生過的？我眞的沒有……」我說不下去，只是用祈求的目光看著姬無也。

我並不是懷疑他在騙我，我只是需要有人幫我確認……

「嗯。」姬無也理解了我的意思，「妳夢裡經歷的那些都是眞實發生過的。」

原來，我眞的沒有殺人。

我整個人像是忽然被抽去了力氣，兩腿一軟。

姬無也嚇了一跳，伸手便想要攙扶我。

「不用扶我！我沒事，我只是……」我用力眨了眨眼，勉強站定。

只是一點都不覺得開心？是這樣嗎？

「妳還好嗎？」姬無也雙眼緊鎖著我。

不，我不好，一點都不好。

問題是，我搞不清楚自己爲什麼不好。

「對於我的過去，你覺得怎麼樣？」我不知道自己現在問出這個問題時，臉上是什麼表情，就像我也不知道我爲什麼要問姬無也這個問題。

「都過去了。」姬無也過了半晌才開口，一臉平靜。

從他口中平平淡淡說出的這幾個字，我花了一點時間才眞正聽進去。

「你的意思是，就算我現在想起來了，但因爲那些都過去了，所以就沒事了嗎？」我說著說著便笑了，「這就是你的意思嗎？」

我感覺到一股怒火竄上，喉頭卻痠疼得讓我想哭。

但我憑什麼生氣？

就因爲姬無也也知道眞相，我便理所當然以爲他會更理解我一些嗎？可我連他是誰都忘了，我憑什麼要他理解我？

「如果一切都過去了，那我想起來或想不起來又有什麼差別呢？」話一說完，我就覺得自己萬分可笑，爲什麼又在尋求姬無也的認同？我自嘲地搖搖頭，「算了，這根本不關你的事，對吧？」

姬無也身子僵了一下，一句話也沒有說。

「我要走了。」已經夠了，我不想再繼續待在這裡，「謝謝你回答我的問題。」

姬無也當然沒把我留下。

一直到走出十八號室，我都能感覺到他追著我的目光。

✦

隔天，我一個人回到阿嬤家。

阿嬤在我昏迷的那幾天出院了，即便如此，她仍然需要他人協助才能活動身體，這段期間想來是黃品豪擔下照護她的責任。

推開老舊的紗門，電視沒開，客廳空無一人，環境意外地還算乾淨。阿嬤的房間就在一樓客廳旁邊，我站在房門口，手舉起了又放下，最後一聲不吭地推開門。

房內光線昏暗，空氣瀰漫著一股淡淡的尿騷味，充滿雜訊的收音機裡傳來廣播主持人一來一往的談笑，阿嬤半躺在床上，原先呆滯的目光在發現我之後，頓時找回了生氣。

「我還以為妳會死呢。」這是她開口的第一句話。

我站在門邊，緊抿著唇。

「怎樣？現在全世界都知道妳是殺人犯了，心情不錯吧？我還以為妳是覺得沒臉活著，才會故意去給車撞，想不到妳命這麼硬，車也撞不死。」阿嬤歪著缺了好幾顆牙的嘴巴衝著我直笑，「妳下次要死，先通知我一聲，說不定我還可以幫妳一把。」

「我有幾個問題想要問妳。」我鼓起勇氣，直視她混濁的眼珠。

「問怎麼死比較爽快嗎？」阿嬤冷笑，「好啊，妳問。」

「爸爸以前是不是常常打我媽？」

阿嬤倏地愣住，「妳怎麼……」

「妳都知道，對不對？」我不給她猶豫的時間。

「妳不要亂說，妳爸才不會做這種事。」

「妳呢？妳是不是也會虐待她？」

「妳是在講什麼瘋話？我才沒有！怎樣？妳現在是看我躺在床上不能動彈，想要欺負我是不是？」阿嬤惱羞成怒，反過來控訴我的不是，「生眼睛沒見過這麼不要臉的！殺死自己的爸爸還有臉站在妳祖母面前，妳跟妳的骯髒老母一樣，只會在外面找男人，兩個人都一樣下賤——」

「妳不要再說謊了！妳沒有資格罵我媽媽！」我放聲大叫，唯有這樣才能遏止她的謊言繼續。

我已經想起一切，再也不用聽阿嬤憑一面之詞汙衊媽媽，卻無法為媽媽辯解。

「妳不要以為我不記得了，妳就可以編造假話！妳一直都不喜歡她，妳時常毫無來由地打她、罵她、羞辱她，妳和妳兒子都一樣該死！」

「黃品筠妳給我閉嘴！」

「我不是黃品筠！」我吼了回去，回想起媽媽是如何被阿嬤和爸爸對待的，我便心痛得無以復加，「你們憑什麼不把我媽當人看？她不是你們的出氣筒！」

「就算是這樣，妳就可以殺妳爸嗎？」阿嬤繼續咄咄逼人。

「因為他要強姦我！」我幾乎崩潰，「妳明明就知道！這十年來，妳有想過要跟我說嗎？妳是不是覺得只要我不記得，就沒人知道妳兒子企圖對自己親生女兒做下的醜事？妳怎麼可以這麼自私！」

「強姦又怎樣？強姦一次會死嗎？」阿嬤迸出刺耳的尖叫，「我兒子可是被妳殺死了欸！不會再活過來了！妳憑什麼敢跟我大小聲！」

我不敢相信自己聽到了什麼，這般顛倒是非的言論為何阿嬤能輕易說出口？

見我說不出話，阿嬤彷彿覺得自己又贏了一回，得意洋洋道：「我早就說過，妳跟妳那個越南老母一樣，沒用、帶衰，若是早知道會這樣，我絕對不會讓她進門！妳也是！我當初就應該不管妳的死活，最好把妳丟到孤兒院，放妳自生自滅……」

之後的話，我已經聽不進去了。

怔怔看著眼前這個牙尖嘴利的老人，我心中一片茫然——我究竟為什麼要來這裡？

讓她知道我已然想起一切有什麼意義？她並不會因此改變對待我的態度，她依然認定我不該殺害她兒子，卻絲毫不去管她兒子先前做了哪些該死的行徑！

我根本改變不了什麼。

「居然還敢過來跟我叫囂，妳以後……呃！」

老人絮叨的話語突地一滯，引得我抬頭望去，只見半躺在床上的阿嬤瞪大了雙眼，整張臉脹成詭異的紫紅色，嘴巴半張，卻發不出任何聲音。

「阿嬤！」我嚇了一跳，連忙奔向床邊。

下一秒，阿嬤眼睛一閉，顯然已失去了意識。

我必須立刻打電話叫救護車！

匆忙抓起掉在地上的包包，我找出手機便要撥打急救專線，然而一個陰暗的念頭如鬼魅般掠過了我的心頭，按下按鍵的手驀地停住。

為什麼要救她？

她死了不正好嗎？

✦

消毒水味充斥鼻間，呆坐在等候區的我其實不知道自己在等什麼。

醫師說，阿嬤是蜘蛛網膜下腔出血，屬於嚴重腦中風的一種，雖然經過緊急搶救，暫時撿回一命，但考量到出血位置和阿嬤的年紀，癒後並不樂觀。

簡單來說，阿嬤有可能會死。

「好雨！」

聽見有人喊我，我慢了半拍才抬頭看向來人。

「姬無也……」

「同學！我跟你說這不是我的問題啊！」坐在我身旁的婦人比我早一步起身，慌慌張張地跑到姬無也面前絮絮叨叨地解釋，「我不過是去丟個垃圾，跟鄰居聊了一會兒，回來就看到老太太昏倒了，這個妹妹當時就在老太太旁邊，她說她是老太太的孫女……」

據說那名婦人是阿嬤的看護，也是她和我一起來醫院的。

可是……看護？我們哪來的錢請看護？

姬無也一邊聽一邊安撫婦人，視線不時向我看來。

「這個眞的不能算在我頭上，醫生也說是突發狀況。」

「我知道，我沒有怪妳。」

姬無也向那名婦人保證絕對不會控告她，接著他們似乎又講了什麼，可能與我有關，因爲婦人指著我說了幾句……總之，過了好一陣子，姬無也才結束與婦人的對話，來到我的身前。

「好雨，妳還好嗎？」他蹲下身與我平視，正好讓我清楚看見他眼裡的擔心。

姬無也擔心我？

憶起昨日的情景，我忽然感到惱火。

「應該吧。」我別開目光，不知爲何補上一句，「加護病房裡的人又不是我。」

姬無也愣了一下，「阿嬤她……」

「嗯，她快死了。」我聽見自己無所謂地說道，「也好。」

我不在乎姬無也會不會覺得我很可怕。

那個當下，我是眞的希望阿嬤死掉。

死了最好。

她要是死了，就再也不會折磨我了。

「姬無也，你爲什麼會來？」

「無也哥！」

走廊一端，黃品豪背著書包匆匆跑來，稚氣的臉龐面容慘白，姬無也馬上起身迎上前去。

「阿嬤怎麼樣了？她沒事吧？」黃品豪著急地問。

而我坐在原位，全身發冷。

我、我剛剛在想什麼？

黃品豪雙手緊揪著制服下襬，得知相依爲命的親人可能就將離世，他的驚慌害怕全寫在臉上，眼眶泛紅，卻拚命忍住眼淚。

「我會變成這樣都是妳害的，妳到底哪來的臉說要幫我！」

「那我要妳把爸爸帶回來，只要妳能讓他復活，我就原諒妳。」

「惡魔。」

我現在才明白自己有多可惡，我把黃品豪的親人一個個帶離他身邊，先是爸爸，接著是媽媽，現在輪到阿嬤了。

當黃品豪含淚的目光看向我時，我立刻側轉過頭。

不行……我沒辦法面對他。

罪惡感宛如洪水般瞬間淹沒了我，我無法克制自己想要逃避的衝動。

「好雨！」

不顧姬無也的叫喊，我頭也不回地逃走了。

快步行走在人來人往的醫院長廊，腦中不斷閃過阿嬤脹成紫紅的面容、黃品豪眼中的驚慌無助……我到底對黃品豪做了什麼？

我竟然又想著要再次奪走他的親人！

背後彷彿有某個張牙舞爪的可怖怪物正在追趕著我，我越走越快，最後忍不住在走廊上奔跑了起來，心慌意亂之下，重重撞上迎面而來的路人，眼看就要摔在地上——

有人及時拉住了我的手臂，一把將我扯進他的懷裡，除了他劇烈不已的心跳聲，我什麼都聽不見。

是姬無也。

他按著我的後腦勺，緊緊抱著我，像是要把他身上所有的力量都給我。

「好雨，晚安。」

「有我在，妳可以不用那麼努力。」

「好雨，不要忘記我，好不好？」

姬無也的話聲冷不防在我腦中響起，他是什麼時候跟我說過這些話的？

我心中一慌，沒多想便大力推開身前的他。

姬無也的表情閃過一絲不容錯認的受傷。

但他什麼話也沒說，只朝我伸出了手，「走吧。」

「我不要回去。」我搖頭，我沒有勇氣面對黃品豪。

「我知道，我只是想帶妳去透透氣。」

幸好，姬無也沒有騙我。

他帶著我來到醫院的空中庭園，冬日溫暖的陽光灑落在身上，微風徐徐吹來，我拒絕了姬無也坐在長椅上的提議，默默走到了透明圍牆邊。

姬無也寸步不離地跟在我身邊，彷彿擔心我會突然一躍而下。

「放心，我不會跳下去的。」我低頭看著下方街道上的車水馬龍，「那樣太便宜我了。」

他微微皺眉，顯然並不認同我的說法。

「姬無也，我能問你一個問題嗎？」其實我有好多問題想問，但我最想知道答案的是這個，「你到底是我的誰？」

姬無也定定地看著我，沒有回答。

「你跟我弟很熟嗎？」我又問了他另一個問題。

姬無也略微遲疑道：「妳住院的時候，我主動聯繫過他。後來妳奶奶緊急送醫，他一個國中生沒辦法處理那麼多事，所以他找我幫忙。」

「那個看護也是你請的？」

「是。」

「費用多少？我之後還你。」

他這次答得很快，「妳不用還我。」

「爲什麼不用？如果我跟你沒有任何關係，你爲什麼要幫我？又爲什麼要幫我弟？而我們又憑什麼接受你的幫助？」連續拋出好幾個問題，我的手指緊扣著冰冷的透明圍牆，「姬無也，你不覺得這樣很奇怪嗎？」

「我是妳的誰並不重要。」姬無也說。

我眞的快瘋了。

「重不重要爲什麼是你來替我決定？」我的嗓音隱隱發顫，「姬無也，算我拜託你，如果你堅持不肯告訴我你是我的誰，那就請你不要混淆我，不要昨天待我冷淡疏離，今天卻又作出一副很擔心我的樣子，還悄悄爲我做了那麼多事，我不想欠你這些人情！」

姬無也反覆無常的態度讓我無所適從，再加上阿嬷和黃品豪的事，我覺得自己無法再承受更多。

「你知道嗎？醫生說，阿嬷可能快死了的時候，我其實很開心。」說出這句話時，不僅是嗓音，我的整個人都在發顫，「然而當我看見黃品豪臉上的惶恐，我才意識到自己有多卑鄙。他還那麼小，我怎麼可以這樣對他？我已經害他失去了爸媽，我竟然還想害他失去阿嬷！」

「那不是妳害的！」

「可是那些事確實都與我有關。」我淒然地看著他。

即便眞正殺死爸爸的人不是我，即便爸爸的死是他罪有應得，但確實是我導致這一連串家破人亡，沉重的罪惡感把我壓得喘不過氣。

姬無也說一切都過去了。

不對，一切還沒過去，我的惡夢還沒結束。

我還活在惡夢裡。

「我到底該怎麼做，才能眞正從惡夢裡醒來？」我哽咽著問，我眞的已經不知道該怎麼辦才好了，「姬無也，你告訴我啊，你不是把我從夢裡帶回來了嗎？」

「姊！」

驀地聽見黃品豪的叫喚在身後響起，我第一個反應便是想跑，卻被身旁的姬無也一把抓住。

「好雨，不要再逃了。」他堅決地看著我說道，「如果妳想擺脫惡夢，妳必須勇敢面對現實，妳得聽聽妳弟的想法！」

「我不要……你放開我……」我拚命掙扎。

「姊，無也哥都告訴我了。」黃品豪冷不防出聲。

他剛剛說什麼？

我不由得回過頭，怔怔地看著距離我只有幾步之遙的黃品豪。

「而且，我也看到了。」黃品豪望著我，眼神帶著不屬於他這個年紀的哀傷，「包括爸爸是怎麼死的，還有爸爸是如何對待媽媽和妳的，我都在夢裡看見了。」

什麼意思？黃品豪爲什麼會在夢裡看見那些他根本不會知道的事？這與姬無也有關嗎？我腦中一時閃過許多猜測。

「我一直不知道該怎麼面對妳，對妳的感覺……很矛盾。」黃品豪一頓，深吸了一口氣，緩緩吐出：「打從我有記憶以來，妳就是全世界對我最好的人，直到某一天，我從阿嬤口中聽見了妳的『眞面目』，那一瞬間，我覺得自己被妳背叛了。」

於是，黃品豪對我的想法開始有了轉變，他認爲是我一手毀了全家，而我對他的好不過是爲了贖罪；可隨著時間過去，年紀漸長的他對阿嬤的說詞起了疑心，同時也因此產生了罪惡感。

「我一直在『阿嬤口中的妳』與『對我很好的妳』之間來回拉扯，我應該要恨妳才對，不然我就是背叛了死去的爸爸——一直以來，我都得逼自己這麼想。」黃品豪紅了眼眶，「儘管，我心裡其實一點都不恨妳。」

這麼多年來，黃品豪始終活在那樣痛苦的拉扯裡，沒有人想過要去理解他的心情，更遑論是去開導他。

光是想到這一點，我便心痛得無以復加，也非常自責。

「對不起……」此時的我早已泣不成聲，「品豪，對不起……」

「姊，那不是妳的錯。」黃品豪走到我的身前，語氣充滿堅定。

那眞的不是我的錯嗎？我害黃品豪失去了一個完整的家，害他的童年直至青春期都籠罩在陰影之下，這樣的我，眞的可以獲得原諒嗎？

「如果換成是我呢？如果我做出了和妳一樣的事？」黃品豪嗓音帶上了沙啞，「或者，我做了和媽媽一樣的事，妳會怪我嗎？」

「怎麼可能！」我想也沒想便脫口而出，終於抬頭看向他。

「那我也一樣啊！」黃品豪與我四目相交，他眼中沒有怨恨，也沒有憤怒，「我不怪妳，所以，妳可不可以放過妳自己？」

我的眼淚掉了下來，黃品豪也是。

「姊，對不起。」他緊緊地抱住我，就像他小時候那樣。

那天，我們抱著彼此哭了好久。

那道劃在我心上的長年血淋淋的傷口，似乎終於有了癒合的可能。

Chapter 10

從醫院離開後，姬無也開車送黃品豪和我回家。

由於阿嬤還待在加護病房，我本來想讓黃品豪暫時搬到我那邊，但考量到他上學通勤不便，加上他向我保證他可以照顧自己，我便沒再堅持，只在他下車時塞了幾千塊給他當生活費，並叮囑他有任何事一定要聯絡我。

「關於那篇報導，我覺得妳應該出面澄清。」車上剩下我和姬無也兩個人，他忽然開口說道。

澄清？難道上次他與盧佳嫣在十八號室就是在商討這件事？

爲什麼他要背著我做決定？

我心裡立刻湧上一股強烈的抵抗，「我不要。」

「爲什麼不要？」姬無也似乎早有預料，反應很是平靜。

「我不是信清者自清那套，我只是不懂我爲什麼非得和不相關的人解釋我的過去？我想保全自己的隱私，更不想節外生枝。」我倔強地別過頭看向車窗外。

「但妳不該承受不屬於妳的委屈。」

「把過去攤開在陽光下，我就不委屈了嗎？」我幽幽地反問。

事到如今，我不想再做別人眼中的好人了，既然如此，我也不在乎別人是怎麼看待我的。

「況且要扭轉他人的想法太難，若是對方心中早有定見，我怎麼爲自己澄清都不會有用。」

「我並不是要妳扭轉所有人的想法，但妳得站出來，讓那些願意相信妳的人知道眞相，他們也才有立場支持妳，萬萬就是個很好的例子。」

可是，這麼做眞的會有用嗎？

我抿了抿唇，「……再讓我想想吧。」

姬無也輕應了聲，沒再說服我。

結束短暫的對話後，車內一片安靜，我只能一直側頭看著窗外，藉此緩解爬上心頭的不自在。原本只是看著街景，不知從何時開始，我卻認眞審視起姬無也映在車窗上的倒影。

這是在我車禍醒來之後，第一次有機會好好看一看這個被我遺忘的人。

先是他的眉眼鼻，再來是側臉延伸至脖頸的線條，還有紮著一束小馬尾的後腦勺，以及操控方向盤的沉穩雙手……姬無也忽然轉過頭來，不偏不倚和我對上眼。

我嚇了一跳，大動作把頭轉回正前方。

「妳……」

「那、那個，黃品豪說，他在夢裡看見了我們家的過去。」我隨便開了話題，一心只想打斷姬無也的話，「他很常做夢嗎？他怎麼從來沒跟我說過？」

「品豪長年多夢，卻和妳不同，他醒來後就不記得夢境的內容。事發那時，品豪才三歲多，半夜聽到妳房間的動靜，從睡夢中驚醒，他從床上爬起來走到妳房門前，透過門縫目睹了事發經過，只是當時他年紀太小，對眼前所見懵懵懂懂，相關記憶也被儲放在更深層的地方，回想起來比較困難。」

我心念一動，看向姬無也，「是你讓他想起來的？」

「他本來就記得。」姬無也語氣輕描淡寫，彷彿他根本沒做什麼。

我不懂他的能力，卻清楚事情不是他說得那麼輕鬆簡單。

這麼多年來，黃品豪和我各自糾結於不同的惡夢，從來沒人能將我們喚醒，包括我們自己，我們不知道醒來的方法，或者應該說，我們根本沒想過自己有機會能夠醒來。

姬無也可以不居功，可我不能無視他的付出。

「妳沒把那枚戒指拿掉？」

「啊？」順著姬無也的目光，我低頭看向戴在右手無名指上的玉指環，這才發現我的手不知不覺一直在戒指上摩娑，「對啊，想說戴著也不礙事……等一下，這枚戒指該不會是你送的吧？」

「其實我是妳男朋友。」

驀地想起他說過的話，我臉上一熱。

「不是。」沒想到姬無也倒是否認得很乾脆，「不是我送的。」

「喔、喔，是嗎……」我一愣，方才的想法根本是我自作多情，「那個，我不知道這枚戒指是哪來的，不過我向來不買這些東西，在醫院醒來後，護理師說戒指原本就戴在我的手上，所以我才會猜戒指是不是誰送的……我還是把它拿下來好了。」

「別拿！」姬無也伸手阻止我，他溫熱的手指搭在我的手上，竟是久久不放。

我臉上微微一紅，姬無也似是察覺到自己的失態，一下子收回了手。

「抱歉。」他吶吶道，「妳還是戴著吧。」

「爲什麼？」我問，儘管我本來就不想把戒指拿下來。

「玉戒指能保平安。」姬無也答道，「雖然妳不記得是誰送的，但那個人之所以送妳這枚戒指，一定是希望妳能平安順心。」

不知爲何，我非常相信姬無也的這番說法。

細細端詳手指上溫潤的玉戒指，有它陪在身邊，我覺得很安心。

後來，姬無也載著我回到租屋處樓下，他把車停在路邊，好一陣子沒人說話，我不急著下車，姬無也似乎沒想趕我，手指在方向盤上一下一下地點著，像是在打著節拍，讓人好奇此時他的心裡是不是響起了某首歌曲。

我希望那是一首開心的歌。

也許是我的錯覺，我所看見的姬無也並不快樂。

「那我先上去了。」

我率先打破沉默，駕駛座上的姬無也朝我看了過來。

「謝謝你爲我和我弟弟所做的一切，沒有你，我們可能永遠不會解開誤會，也不會了解彼此的想法，眞的謝謝你。」

聞言，姬無也淡淡地勾起嘴角，一句話也沒說。

「對了，看護的費用……」

「等妳有餘裕再還我吧。」講到這個，他倒是回得很快，「若是我堅持不收，妳一定不會同意，所以我只能跟妳說，這筆錢一點都不急，妳想什麼時候還都可以，好嗎？」

姬無也都說得那麼明白了，我也只能心懷感激地接受。

「謝謝。」我解開安全帶，一手搭上車門把手，「澄清報導的事，我會再想想。」

「我知道了。」姬無也直直地看著我，「……再見。」

「再見。」我笑了笑，隨後打開車門下車，冬天的冷風迎面吹來，我的臉上猶如針刺。

站在車門邊，我遲遲沒關上門，而姬無也也沒有催促我。

爲什麼我會這麼不想離開呢？

「好雨。」

聽見姬無也的聲音，我回過神，發現他也下了車，同樣站在駕駛座的車門旁邊看著我。

「怎麼了嗎？」

「妳知道這個世界並不是每件事都有正確答案的，對吧？」姬無也沒頭沒尾地說道，語氣裡帶著一絲急切。

「啊？」我愣了一會兒，「嗯，大概。」

「其他人沒經歷過妳的過去，沒資格要求妳當個絕對的好人，妳不需要為此感到愧疚。無論如何，妳還是妳。」姬無也頓了下，才又說：「不要忘記，是妳打了那通電話。」

我很快理解他的意思，喉頭一陣酸澀。

那時，我終究還是按下了撥號鍵。

即便就算阿嬤死了，我也不會難過，甚至還會感到輕鬆，我還是打了那通急救電話。

我不想假裝自己是個好人，我只是做了自己想做的事，僅此而已。

「姬無也，我不會再問你是我的誰了。」我說。

乍然聽聞我這番發言，姬無也眼睛微微睜大。

「那樣是最好……」

「你說，記憶不會消失，對吧？」看著相距不遠的他，我不自覺緊抓著車門邊框，

「那……我也會想起你嗎？」

或許正如他所說，這個世界並不是每件事都有正確答案，所以姬無也想了好久，最

後也只是輕輕地對我說了一句：「也許吧。」

而當他說出那句話的時候，表情明明是笑著的，卻像是要哭了一樣。

✦

幾日之後，我決定接受盧佳嫣的採訪。

盧佳嫣匯集了幾樁兒少犯罪事件，探討其背後原因與後續發展，並未刻意把焦點放在我身上，這著實讓我鬆了口氣。

爲了保護未成年人，新聞媒體不能報導兒少犯罪案件細節和犯罪者個人資料，再者過了那麼多年，重新探訪與調查並非易事，盧佳嫣卻憑一己之力，聯繫上當時的鄰居街坊，甚至在沒透過我的情況下，找到擔任社工的郭大哥，說服他受訪。

最後，盧佳嫣完成的報導算得上十分客觀中立。當犯罪的事實確切存在，犯罪的理由是否會影響人們對犯罪者的觀感，她把結論留給觀眾自行做下。

報導登出隔天，萬萬和小鴿早早等在校門口，一見到我便給了我一個大大的擁抱。

班上同學、師長，抑或是許多素未謀面的人們，都透過各種管道向我表達關心與支持，他人的溫暖彷彿一波波浪潮向我湧來，這是我第一次感受到就算我這個人並不完美，也依然可以被他人所愛。

當然，並不是所有人都會因此對我改觀。

不相信我的有之，討厭我的有之，但日本有句諺語說，謠言傳不過七十五日，顯然七十五日算是高估了，不到兩個星期，我走在學校就像是普通路人，再也沒人指指點點，也沒人對我露出打量的眼神，更沒人在乎我是不是殺人犯。

一切看似回到了正軌，除了某個人消失在我生活裡以外。

站在十八號室門外，我猶豫躊躇了好久。

就在我好不容易下定決心打開門的那一瞬間，門板被人從裡面大力推開。

元尙旭看到我嚇了一跳，「學姊？」

「呃，嗨，尙旭……」我的手還尷尬地停留在空中，「那個，姬無也在嗎？」

「在啊！他在！學姊，不好意思，我考試要遲到了！妳自己進去找他！」元尙旭說完便風風火火地跑走。

得到肯定的答案，我更緊張了，舔了舔乾澀的嘴唇，走進十八號室，然而放眼望去卻不見姬無也的身影。

心念一轉，我走近那幾扇大屏風。

「姬無也？」

無人回應。

元尙旭該不會搞錯了吧？姬無也是不是根本就不在這裡？

「不……為什麼……」此時，屏風後方傳來微弱的話聲。

事實上，那聽上去更像是有人在睡覺時發出的夢囈。

「姬無也？」我又喊了他一次，還是沒有得到回應，「我進去了喔？」走進屏風後方一看，果不其然，姬無也正睡在一張華麗的雙人床上。

畢竟是個研究夢境的社團，社團教室裡有張床也是很正常的事吧？我很有自覺地腦補了箇中原因，可是……姬無也似乎睡得並不安穩，他眉間緊鎖，額上覆著一層薄薄的冷汗。

他是在做惡夢嗎？

我本來想喚醒他，但一想到他的特殊體質，懸在床沿的手始終沒有落下，我猶豫著如此貿然的舉動會不會對他造成傷害。

只不過，姬無也額頭上的冷汗越冒越多，眼珠在眼皮底下快速轉動，我實在無法坐視不管，正想上前叫醒他時，姬無也已先一步從睡夢中驚醒，

「好雨！」他先是急急喊出我的名字，才將茫然的視線落在我身上。

我愣愣與姬無也四目相交，他的眸色好美，像是深蜜色的琥珀……

「妳怎麼會在這裡？」姬無也語氣帶著明顯的疏離。

「啊？抱歉，我不是故意打擾你休息，我只是……有事情想跟你說。」

「什麼事？」姬無也起身下床，隨即彎身整理床鋪，並不看我。

我有點受傷，但仍強裝作無事地開口：「我想跟你說聲謝謝。」

「因爲那篇報導？」姬無也輕笑一聲，依舊沒看我一眼，「謝我什麼？除了聯絡盧小姐，我什麼也沒做，妳應該謝的是妳自己。」

除了剛轉醒過來時的那幾秒，姬無也的視線始終都在迴避著我，這讓我心裡更難受了。

「我最近都沒看見你。」我深吸了口氣，「你在躲我嗎？」

姬無也身形一僵，他明明聽見了，卻選擇不回答我的問題。

「還有什麼事嗎？」他無動於衷地直起身，終於再次將目光投向我。

瞬間我感到一陣莫名的難堪，他的反應讓我覺得自己像是做錯了事，儘管我不知道自己究竟做錯了什麼。

「我只是想說聲謝謝，你一直以來都幫了我很多……」我把剛剛才說過的話又結結巴巴地重複了一遍

「沒事。」姬無也沒讓我說完，「舉手之勞而已。」

常人的舉手之勞會做到這種地步？他是想騙誰？這種話連三歲小孩都不會信。

「黃品豪說，他想找時間跟你吃頓飯。」

「改天吧，我最近比較忙。」

「還有，學生會請我繼續擔任學生會長，直到這個學期結束。」我目不轉睛地觀察他臉部的表情，「我答應了。」

「是嗎？」姬無也揚起微笑，「恭喜妳。」

「就這樣？」我忍不住脫口而出，「你沒有其他話可以跟我說？」

聞言，姬無也收起笑，臉色沉了下來，不發一語。

……他是眞的對我無話可說。

意識到這一點，我心中升起一股由滿腔委屈引發的怒火。

「原來你眞的在躲我？我本來以爲是我想太多，你可能只是太忙了，看來不是那樣。」我不能理解他對我的閃避所爲何來，「我做錯什麼了嗎？」

姬無也抿了抿唇，「沒有。」

「那你爲什麼要躲著我？你還說你幫我只是舉手之勞？別開玩笑了，你的那些付出怎麼可能只是舉手之勞！」

「既然妳這麼認爲，代表我該做的都已經做完了。」

「什麼叫做你該做的已經做完了？你……」我忽地止住話，腦海閃過一個我不敢、也不願相信的念頭，「是因爲我忘記你了，所以你才躲著我嗎？」

姬無也下頷微微收緊，並沒有否認。

那讓我更生氣了。

「如果可以，我也想要想起來，而且是你說記憶不會消失的！是你說只要花一點時間就能想起那些被掩藏在某處的記憶！」話是他說的，他怎麼可以出爾反爾？我無法壓抑心裡的慌亂與委屈，「難道就因爲我忘了你，我們連朋友都不能當了嗎？姬無也，你說話啊！」

「或許吧。」姬無也淡淡地說道，「我們不能當朋友。」

我頓時如遭雷擊，腦袋空白了好幾秒，眼前的他似乎變成了一個徹頭徹尾的陌生人。

這時的我才後知後覺地察覺到，打從我醒來的那天開始，姬無也就在躲著我了，他不讓我知道他是我的誰，也不讓身邊的人向我透露。

可是，他卻默默地幫了我那麼多。

包括爲阿嬷安排看護、協助黃品豪與我解開心結，甚至連盧佳嫣的那篇澄清報導都是他促成的。我想起在醫院樓梯間抱住我的他，在空中庭園陪著我的他，以及那天他手心的溫度。

「比起我是誰，妳應該還有其他更重要的事想問我吧？」

「我是妳的誰並不重要。」

對我而言，姬無也絕對不是一個不重要的人。

但我就是想不起。

「姬無也，你不能這麼對我。」說出這句話時，我卻也深知自己有多殘忍。

他不能這麼對我，不能在對我好之後就決然消失。

那我就可以這麼對他嗎？

明明是我先忘記他的，卻任性地不准他離開。

「對、對了，你不是有能力入夢嗎？只要你讓我在夢裡找回記憶就好了啊！」我眼睛一亮，覺得自己提出了一個絕妙的辦法，「姬無也，我一定會想起來的……」

「我不會這麼做。」他說。

「爲什麼？」

「因爲，我覺得很痛苦。」姬無也表情沒有任何變化，靜靜地站在原地。

✦

我忘了那天我是怎麼離開十八號室的。

耶誕節將近，我把自己徹底投入了耶誕舞會的籌備與課業之中，忙得沒有心力思考其他。我合理懷疑學生會是因爲人手不夠，才決定把我找回來，反正能多一個人進火坑是一個，誰還管我是不是殺人犯呢？

瞧，我都可以自嘲了，我是眞的不在乎了。

這場耶誕舞會吸引不少校外人士買票參加，與會者的裝扮都得符合主題。

擔任主持人的萬萬以一襲流蘇洋裝驚豔全場，小鴿和我各穿了一件長版直筒花洋裝，腳上踩著一雙低跟瑪麗珍鞋。音樂響起時，眾人齊聚於中央的舞池擺動身軀，完美重現二〇年代的華麗復古風潮。

那一方，林孟謙與好友們齊聚；另一側，朱采蓁也有姊妹相伴。看著他們各自綻放的笑容，兩人之間的那些糾纏彷彿上個世紀的事。

「欸？嗨，范同學！」一個戴著金色假髮、身穿白色低胸洋裝的女人笑吟吟地來到我的面前。

「瑪麗蓮夢露？」我眨了眨眼，差點認不出對方。

「怎樣？是不是很美？」盧佳嬿嘟著紅唇，唇邊的小痣點得恰到好處，「這個舞會真的是太適合我了！妳知道嗎？我最喜歡的節日是萬聖節，可以把聖誕節當成萬聖節過實在是太爽了！」

「妳喜歡就好。」見她那麼開心，我也跟著笑了。

「對了，怎麼沒看到姬無也？」盧佳嬿環顧四周。

對此，我也只能尷尬地笑了笑，「我不知道。」

「吵架啦？」盧記者無所謂地擺擺手，「沒事啦，小情侶吵架也是常有的事。」

「妳誤會了，我們不是——」

我還沒說完，就見盧佳嬿整個人背過身去，將一大片雪白的背部對著我。

「盧小姐？」我摸不著頭緒，心裡覺得奇怪，「妳還好嗎？」

她沒回答，約莫數十秒過後，她終於重新轉回來看著我，眼神像是下定了什麼決心。

「范同學，我有東西要給妳。」

「好……」我答應得有點小心，「什麼東西？」

「我現在沒帶在身邊，應該還放在我車上。」盧佳嬿囑咐我，「妳在這裡等我，不要亂跑！我一定會回來，妳千萬不可以離開喔！」

話一說完，盧佳嫣踩著高跟鞋飛奔而出，根本沒給我回話的機會。

目送她的背影消失在人群中，我無奈地嘆了口氣。算了，反正我也沒事，就在這裡等她回來吧。

算算時間，耶誕舞會的嘉賓也該出場了。

如我所想，臺上的萬萬才拿起麥克風介紹嘉賓，舞池中的人們便紛紛湧上前去，場面熱烈如一鍋煮沸的水。

「啊啊啊啊啊——」

「K-FUN！K-FUN！K-FUN！」

「K-FUN！我愛你！」

K-FUN是這次耶誕舞會唯一受邀的歌手，當初活動組提出要邀請他時，我其實滿驚訝的，畢竟K-FUN不接校園演唱是出了名的，直到現在，我仍然認爲學期初那場迎新演唱會可以邀請到他，絕對是我走了狗屎運的緣故。

話說回來，那場迎新演唱會怎麼樣了呢？我怎麼一點印象也沒有？

臺上的K-FUN開始演唱，快節奏的樂聲大力震響空氣，群眾隨之瘋狂舞動——正因如此，沒人發現幾乎只能扶著牆壁站立的我。

頭好痛。

而且越來越痛。

我忍不住閉上眼睛。

「跟我睡一覺吧，范好雨。」

那是……姬無也在對我說話？

「就算全世界的人都不相信妳，也還有我。我會站在妳這邊。」

依然是姬無也的話聲。

「敬妳，我的女朋友。」

為什麼我會一直聽見姬無也在對我說話？這些突然蜂擁而至的記憶片段是怎麼回事？

「好雨！」驚慌的呼喚在我耳畔響起。

緩緩睜開眼睛，我恍惚地望著眼前攙扶著我的姬無也，有那麼一瞬，我分不清現實與虛幻。

我推開他，劇烈的疼痛已神奇地消失。

上次在醫院也是。

只要姬無也一出現，我的頭痛就會跟著不見。

是巧合嗎？還是有其他原因？

「妳沒事吧？」姬無也眼中充滿擔憂。

老實說，這樣的他讓我很心煩，他對我這般忽冷忽熱，我到底該把他放在什麼位置？好心的陌生人？有點交情的朋友？還是別的什麼？

「我有沒有事都不關你的事。」我逞一時嘴快，好死不死捕捉到他臉上一閃而過的受傷，我有點後悔，囁嚅地補上一句，「……我的頭已經不痛了，謝謝。」

「頭痛？」姬無也追問，眼中的擔憂更盛了，「妳最近有睡好嗎？」

他不是說不能和我當朋友嗎？不是說這樣他會很痛苦嗎？

那他現在在做什麼？為什麼還要作出一副關心我的樣子？他到底想怎樣？為什麼要讓人那麼煩躁？

「我睡得很好，謝謝關心！」我心中一股無名火起，連帶語氣也不客氣了起來。

姬無也吶吶地閉上嘴，顯得有幾分尷尬，也有幾分手足無措。

看著這樣的他，我沒來由心下一軟，主動開口：「你怎麼會來？我、我的意思是，你看起來不像是會來演唱會的人。」

「來找朋友。」姬無也答道。

「誰？」我下意識反問，注意到他的眼神落向舞臺，驚訝地失聲說：「K-FUN是你朋友？」

姬無也點了點頭，嘴角微微上揚，卻不像是在笑。

我看不懂他這個表情。

此時，臺上的K-FUN一曲唱畢，舉著麥克風說道：「接下來這首歌，是我第一次在公開場合演唱，同時也是我的新專輯主打。不管對方是同學、朋友、情人，還是素昧平生的陌生人，請你牽起離你最近的那個人的手，和我一起用一首歌的時間告訴對方，不要害怕，我們會陪他〈擁抱惡夢〉。」

柔和的旋律響起，K-FUN的歌聲宛如裹上一層鬆軟的棉花糖，輕輕柔柔並帶著絲絲的甜。

姬無也向我伸出了手。

起初，我有些猶豫，甚至有些害怕。

但我內心很清楚知道，自己並不想拒絕，於是我將手放入了他的掌心。

姬無也牽著我走進舞池，另一手輕輕放在我的腰間，我不擅長跳舞，姬無也似乎也是，我們只是專注望著彼此的臉龐，身體跟著音樂緩緩擺動。

姬無也琥珀色的眼睛裡映出了我的倒影，此時此刻，他對我築起的高牆早已不復存在。

姬無也說了什麼，我聽不清楚。

我疑惑地歪了歪頭，他想也不想，傾身靠近我的耳邊。

「妳今天很漂亮。」

他說話的氣息噴吐在我的耳廓上，我忍不住別開目光，「……謝謝。」

數不清夜還有多長　你守候了我的徬徨

說好了要放下　還是不能忘

你擁抱惡夢　我不能放

總有一天　會在夢的彼端相望

在K-FUN優美的歌聲中，我再次看向姬無也，這次我在他眼睛裡看見了深藏的溫柔與悲傷。

既然遲遲無法想起我和他的過往，我是不是就不該向他走近？這樣的我是不是只會讓他痛苦？

一曲結束，人群爲這首歌獻上的掌聲如雷。

姬無也放開了牽著我的手，深深地看了我一眼，便一語不發轉身離開。

我莫名有種預感，這很可能會是我們最後一次見面。

如果沒有奇蹟出現的話。

「范同學！」

我回過神，只見盧佳嫣氣喘吁吁地跑到我面前，她手上拿著一個白色信封。

「其實我也不知道自己這麼做對不對，可是……哎呀，不管了啦！」盧佳嫣煩躁地擺了擺手，「雖然姬無也請我不要告訴妳，但我實在是搞不懂他在想什麼，況且我本人崇尚洪水療法，讓妳直接面對衝擊或刺激，應該更有助於妳回想起一切。妳懂我的意思吧？」

我有聽沒有懂，納悶地搖了搖頭。

「妳看了就知道！」盧佳嫣把信封塞到我的手中，「有事情隨時聯絡我！往後要是有什麼獨家，第一個通知我，知道了嗎？」

說完，她便疾步離開。

信封頗有厚度，裡頭裝著一疊照片。

我抽出照片一看，腦袋登時一片空白。

✦

學期將盡，期初鬧得沸沸揚揚的社團改革終於有了結果。

經過校方與學生會的共同協商，列出了數個瀕危的社團，並將名單發布在學校官網，倘若這幾個社團二次審核未過，將會以廢社處理。

「好雨，」小鴿緊張兮兮地探頭進會議室，「他來了。」

我點點頭，「請他進來。」

約莫一分鐘後，那人走進會議室，來到我的桌邊站定。

「爲什麼我會被列在名單裡面？」

我抬起頭，看向好一陣子沒見的姬無也，他的裝扮依然一如往常，T恤外罩著件敞開的長袍，腦袋紮了個小馬尾。

「請坐。」我示意他就近坐下。

姬無也看了我一眼，不情願地拉開椅子入座。

我找出一份文件，試圖用平靜的語氣說：「社團分類錯誤，這點可以不用在意，只要服務性社團更改爲綜合性社團就好，但社團活動不應有違反公序良俗之行爲，也不得以非法活動籌措金錢……」

「那都是誤會！妳不是都知道——」姬無也話說到一半，臉上再次閃過一抹痛苦之色，「抱歉，我可以解釋。」

「嗯，我都知道。」

姬無也皺起眉頭，眼中充滿不解。

「我知道夢ㄉ王國並未有違反公序良俗之行爲，你也並未以非法活動籌措金錢，所謂的『安眠體驗』是爲了幫助人們解決心中的煩惱。」

「那爲什麼……」

「我也知道，是你幫助了萬萬和K-FUN，也是你不因我的過去而用異樣眼光看待我，仍處處想著要保護我。」一股淚意湧上，我竭力不讓聲音發顫，「是你讓我體認到自己是個善良的人，也是你對我說，只要有你在，我可以不用那麼努力。」

姬無也怔愣地望著我，向來辯才無礙的他一句話也說不出來。

「上次在山上一顆流星也沒看見，下次再一起去看流星雨吧。」我說著便笑了，儘管視線早已被淚水模糊，「好不好？」

眼淚奪眶而出的那一刻，姬無也起身走過來將我摟入懷中。

窩在他的胸前，聽見他的心跳因爲激動而失速，我哭得更凶了。

「妳……想起來了？」他嗓音哽咽。

我大力點頭，「嗯，我全都想起來了。」

盧佳嬿給的那疊照片，是促使我想起一切的引信。

那是她當初在慶功宴上爲我和姬無也拍下的合照，照片裡的我們相視而笑，眼中蘊滿甜蜜的情意。

從那天起，我漸漸找回所有與姬無也有關的記憶。

他曾經和我爲了社團存廢針鋒相對，他曾經引領我進入神奇的夢ㄉ王國，他曾經和我並肩坐在公車上談心，他曾經在一顆流星劃過天際時，俯身朝我吻落。

姬無也緊緊抱著我，把臉埋在我的肩膀上，很快地，我肩上傳來一股溫熱的濕意。

從今以後，我再也不會忘記這個人。

尾聲

幾個月後，我們一群人齊聚在姬爺爺的小屋，舉辦夜間烤肉派對，準備在凌晨迎接春天第一場流星雨。

萬萬和小鴿妙語如珠，一搭一唱笑翻全場；元尙旭默默蹲在一旁烤肉，活像是烤肉攤老闆；盧佳嫣帶了一瓶據說很貴的紅酒過來，只是光她一個人就喝掉了大半瓶；黃品豪被大哥哥、大姊姊餵食得很是開心，手上的盤子整個晚上都沒有空過。

最後，K-FUN居然也現身了。

星空下，大家一邊聽著K-FUN自彈自唱，一邊等待流星雨的降臨。

「說什麼流星雨，我們是不是被騙了啊？」躺在地上不到五分鐘，萬萬已經失去耐心，「小鴿……欸，小胖鴿睡著了啦！」

「我、我哪有！」

「哪沒有，妳看妳的口水！」

「那才不是口水，是、是……」

「姊姊妳們很吵欸！」黃品豪一發話，幼稚的萬萬和小鴿頓時閉嘴，換來其他人的忍俊不禁。

彷彿有誰打翻了一盤碎鑽，星星點點散落在深藍的蒼穹，夜風吹動林間，發出沙沙的催眠聲響，眾人逐漸安靜下來，不曉得是誰的鼾聲輕輕響起。

我悄悄起身，走到旁邊替自己倒了一杯熱茶。

才喝下第一口，便發現姬無也跟過來了。

「幹麼？」我笑了，透過茶湯氤氳的霧氣看他，「怕我跑掉啊？」

「嗯。」姬無也拉開他裹在身上的毯子，把我也裹了進去，「怕死了。」

「我不會不見的。」

「妳上次也是這麼說。」姬無也的嗓音輕得只有我聽得見，「有時候，我還是會很害怕，害怕其實這只是一場夢，夢醒了，妳又會忘記我。」

「那我要怎麼做，你才不會再害怕？」我問他。

姬無也沉默了一會兒，答：「……我不知道。」

我在毯子裡給了他一個熱烈的擁抱。

「我會擁抱你。只要你覺得害怕，我就會擁抱你。」

曾經的創傷本來就沒那麼容易撫平。

當初是他陪著我面對不堪的過往，如今換我陪他撫平內心的恐慌。

姬無也僵硬的身軀逐漸放鬆，我看不見他的表情，只能感覺到他略微顫抖的手碰觸到我的指尖。

「那就拜託妳了。」他說，帶著淺淺的笑意。

謝謝你擁抱我的惡夢。

謝謝你讓我從惡夢中眞正醒來，睜開眼睛看見眼前美好的你。

全文完

後記

記憶形塑一個人的性格

哈囉，大家好，我是兔子說。

很開心又以新故事和大家見面了，希望你們喜歡。

不知道爲什麼，寫後記對我來說變成一件挺困難的事情，難道是因爲年紀大了嗎？總覺得對很多事的記憶變得不是那麼清晰了，常常把昨天的事當成好幾天前，甚至會懷疑那件事究竟有沒有發生……我是說眞的，不是恐怖故事。

說到記憶，記憶其實很神奇。

不曉得各位有沒有相同的經驗，和朋友們聊起往事時，明明講的是同一件事，從每個人口中說出來卻都有些不同，大家記得的「點」都不一樣，綜合起來，那件事有時候會出現全然不同的面貌。

但這是很正常的呀。身而爲人，本來就沒辦法客觀地活著，就像是玩第一人稱視角的遊戲，事件發生時產生的情感、週遭的人際關係等等，都會影響到我們看事情的角度，造成每個人對同一件事的記憶有所出入。

前陣子有部戲劇，一個作爲邪惡資本家的角色意外喪失了記憶，變成和原本個性完全相反的傻小子。那時，有觀眾好奇留言問演員，爲什麼失憶的人會改變性格呢？性格不是天生的嗎？演員給了一個我很佩服也很認同的答案。

他說，性格或許是天生的，但記憶才會塑造一個人的行爲與思考模式。如果從小在勾心鬥角的環境下長大，就會爲了生存而學會奸詐狡猾，久而久之，就連他自己也以爲那是他原本的模樣，而只有在不受威脅的情況下，隱藏在心底的善良才會出現。（這段話是我憑記憶寫的，此刻我已經找不到那則留言了，莫非又是我不可靠的記憶出錯QQ）

《請你擁抱我的惡夢》裡的范好雨也是如此吧。

記憶的缺失被錯誤的認知掩蓋，不敢表現出眞正的自己、不敢生氣、事求完美、拚命證明自己不會再犯錯，並且一心求得他人的認同與原諒。

如果沒有失去記憶，原本的她會是什麼樣子呢？

不只是好雨，K-FUN、萬萬，以及現實中的我們都是一樣的。人生一定會有某件事讓我們印象深刻，深刻到甚至改變我們的性格——只是那樣的改變，可能是好的，也可能是壞的。

如果能夠透過夢境解開心結，你願意嗎？

就我而言，好像沒有什麼不可以，不過還是會怕怕的XD對於這種未知的領域，像是催眠、觀落陰（嗯？）之類的，我一向抱持著「我OK，您先請」的態度，哈哈哈，尤其是和姬無也這種帥哥睡覺，說眞的會很害羞欸！怎麼辦得到啊！直接失眠三天三夜！

……難怪我跟帥哥沒什麼緣分，生理上就無法靠近，哭哭。

在這次說長不長、說短不短的寫作過程裡，我遭遇了各式各樣的心境變化，有非常振奮、覺得自己什麼都辦得到的時候，也有沮喪到谷底、好想躺在床上什麼都不管的時刻。

我不想撒謊說出「因爲是喜歡的事就沒關係」這種話，畢竟我這個人才不把吃苦當吃補，要吃苦你自己吃……咳，我想說的是，不管我再怎麼討厭壓力、討厭自我懷疑、討厭喪氣，可是，每次完成一個故事，我就會忘記先前經歷的痛苦，然後又興致勃勃地重新來過。

我眞是學不乖呢。

最後，非常感謝讓這個故事以更好的樣貌出現的蔓蔓姊，謝謝妳，辛苦了。當然還有購買了這本書的每一個你，謝謝你們願意讓我用故事與你們相見，謝謝，祝福你們睜開眼睛都是美好的一天♡

那我們就下一本書再見啦，安妞！

兔子說

國家圖書館出版品預行編目資料

請你擁抱我的惡夢 / 兔子說著. -- 初版. -- 臺北市 : 城邦原創股份有限公司出版：英屬蓋曼群島商家庭傳媒股份有限公司城邦分公司發行, 民 110.06
面；公分. --

ISBN 978-986-06589-0-3（平裝）

863.57　　110008322

請你擁抱我的惡夢

作　　者／兔子說
企畫選書／楊馥蔓
責任編輯／楊馥蔓、林辰柔

行銷業務／林政杰
總 編 輯／楊馥蔓
總 經 理／伍文翠
發 行 人／何飛鵬
法律顧問／元禾法律事務所　王子文律師
出　　版／城邦原創股份有限公司
台北市中山區民生東路二段 141 號 6 樓
電話：(02) 2509-5506　傳眞：(02) 2500-1933
E-mail：service@popo.tw
發　　行／英屬蓋曼群島商家庭傳媒股份有限公司城邦分公司
聯絡地址：台北市中山區民生東路二段 141 號 11 樓
書虫客服服務專線：(02) 25007718．(02) 25007719
24小時傳眞服務：(02) 25001990．(02) 25001991
服務時間：週一至週五09:30-12:00．13:30-17:00
郵撥帳號：19863813　戶名：書虫股份有限公司
讀者服務信箱 email：service@readingclub.com.tw
城邦讀書花園網址：www.cite.com.tw
香港發行所／城邦（香港）出版集團有限公司
地址：香港灣仔駱克道 193 號東超商業中心 1 樓
email：hkcite@biznetvigator.com
電話：(852)25086231　傳眞：(852) 25789337
馬新發行所／城邦（馬新）出版集團 Cité(M)Sdn. Bhd.
41, Jalan Radin Anum, Bandar Baru Sri Petaling,
57000 Kuala Lumpur, Malaysia.
電話：(603) 90578822　　傳眞：(603) 90576622
email:cite@cite.com.my

封面設計／Gincy
電腦排版／游淑萍
印　　刷／漾格科技股份有限公司
經 銷 商／聯合發行股份有限公司
電話：(02)2917-8022　傳眞：(02)2911-0053

■ 2021 年（民 110）6月初版　　Printed in Taiwan

定價 / 270元

ISBN　978-986-06589-0-3

POPO城邦原創 www.popo.tw　城邦讀書花園 www.cite.com.tw